Alice Berend
Frau Hempels Tochter

AF202384

Die Berlin-Bibliothek
Bd. 1

Frau Hempels Tochter

Roman

von

Alice Berend

Mit einem Nachwort von Arnt Cobbers

Jaron Verlag

Zu dieser Ausgabe:
Grundlage des Textes ist die 125. bis 130. Auflage, die 1925 im
S. Fischer Verlag, Berlin erschienen ist. Die Rechtschreibung wurde
größtenteils der heute üblichen angepasst, offensichtliche Fehler
wurden verbessert, manche Eigenarten und Altertümlichkeiten aber
auch beibehalten.

Erschienen erstmals 1913 im S. Fischer Verlag, Berlin
1. Auflage 2022
Jaron Verlag GmbH, Berlin
www.jaron-verlag.de
Umschlaggestaltung: Bauer+Möhring, Berlin
Satz und Layout: Prill Partners|producing, Barcelona
Lithografie: Bild1Druck GmbH, Berlin
Druck und Bindung: GGP Media GmbH, Pößneck

ISBN 978-3-89773-970-3

Hempels bedurften keiner Weckuhr, die erste Straßenbahn, die am Morgen ihren Weg gesaust kam, ließ Betten und Stühle, Tisch und Schrank tanzen und schwingen, wie wenn ein Zauberstab sie berührt hätte.

Die natürlichsten Mittel sind die besten. Frau Hempel erwachte davon ohne jede Vorbereitung. Sie richtete sich auf und sagte: »Der Haushahn hat gekräht.«

Mit einem langen Gähnen nahm sie Abschied von der Nacht und der Ruhe, zündete ein Licht an, schlurfte zum Fenster und öffnete die Laden. Ein grauer Schein fiel in den viereckigen Raum, wo die Betten allen anderen Dingen den Platz wegnahmen.

Wenn die zweite Bahn mahnend an den Möbeln rüttelte, stand Frau Hempel schon im roten Unterrock da. Sie schlug ein Tuch um die Schultern, holte das große Schlüsselbund von der Wand und klapperte auf Holzpantinen hinaus.

Die schwere Haustür wurde aufgeschlossen, und einen Augenblick lang blinzelte Frau Hempel auf die Straße hinaus, die grau und leer war. Dann machte sie kehrt, um die Tore des Gartenhauses zu öffnen.

Zwischen den Steinen des schmalen Hofes lagen zwei grüne Rasenflecke, die ein Wasserbecken umkreisen, in dessen Mitte ein angeschwollener Knabe auf einem Bein stand. Er nagte an einem Fisch, aus dem er an heißen Tagen einige Wassertropfen zu blasen hatte.

Kleine Ursachen, große Wirkungen. Diese bescheidenen Gegenstände waren der geheime Grund, aus dem sich der steinerne Kasten hinter dem Vorderbau das Gartenhaus nennen durfte. Hier, vor den Fenstern, verlor Frau Hempel mit lautem Klack einen Holzpantoffel. Ehe sie ihn wieder auf den Fuß schob, blickte sie mit zusammengekniffenen Augen nach dem ersten Stockwerk hinauf, wo Graf von Prillberg wohnte, der gern das Fenster aufriss und »Ruhe« schrie. –

Als Frau Hempel wieder in ihre Wohnung zurückkehrte, war es im Zimmer lebendig geworden. Hempel zog sich die dicken, grauen Socken an, und hinter dem Vorhang aus grüner Wolle hörte man Laura sich plätschernd waschen.

»Beeilt euch«, rief Frau Hempel und verschwand in der Küche. Das war ein kleiner Raum, der immer dunkel war, denn sein vergittertes Fenster versuchte vergeblich nach dem Hof hinauszusehen. Erst als das Feuer auf dem Herd aufloderte, wurde es behaglicher hier. Die Kaffeemühle wurde mit kräftigem Arm geschwungen und auf die Glut ein großer, brauner Topf gesetzt, der den Vorrat an Kaffee für den ganzen Tag barg und stets in der Nähe des Feuers bleiben musste. Er durfte niemals kalt und leer werden. Er bedeutete für Frau Hempel dasselbe, was den Vestalinnen die heilige Lampe war. –

Draußen trotteten eilende Füße über den Hof, die Treppen hinauf und wieder zurück. Das Haus, im Halbschlaf, wurde mit Milch und Brot versorgt und den neuesten Nachrichten aus aller Welt.

Mürrische Dienstbotengesichter erschienen in den Türen und an den Fenstern und blickten ohne Neugierde in den neuen Tag. Man schüttelte den Staub aus von gestern und öffnete die Fenster dem Staub von heute.

Vom Pflaster stieg grollend der neue Eifer der vielen Räder auf, die wieder zur Unermüdlichkeit erwacht waren. Die Straßenbahnen warnten mit pochender Glocke, einzelne Schreie aus Autohupen antworteten. Die Milchwagen klingelten und klapperten zu den schweren Hammerschlägen, mit denen die ersten Lastwagen den Morgen erschütterten.

Die Maschine Großstadt begann einen neuen Tag in Atome zu mahlen.

Frau Hempel kehrte mit kräftigem Besenschwung den Flur aus. Jedes Dienstmädchen, das, den Henkelkorb am Arm, an ihr vorüber musste, begrüßte sie, um ein Weilchen bei ihr stehen zu bleiben.

Hinter dem Treppenfenster sah man Hempel neben dem gefälligen Gummiball, der auf einen Druck der Hand hin die schwere Haustür aufpustete, auf dem Schusterbock sitzen und hämmern.

Lächelnd arbeitete er an einem hübschen Lackschuh, denn er war ein Genussmensch und fing den Tag stets mit etwas Nettem und Neuem an. Nicht mit alten und mürben Stiefeln, die schon von tausend ruhelosen Schritten ausgetreten und geplagt waren.

Frau Hempel hatte den Hof und die Straße gefegt und kam mit vielen Neuigkeiten zurück. Bankdirektors gaben eine Gesellschaft. Zum Grafen von Prillberg hatte der Kaufmann die Rechnung gebracht, aber vergeblich. Frau Bombach, die nach zwanzigjähriger Ehe das Kind erwartete, hatte sehr schlecht geschlafen.

Hempel begleitete die Erzählungen seiner Frau mit ruhigen Hammerschlägen. Als sie eine Pause machte, sagte er, dass nichts so wäre, wie es sein müsste, und sie besser daran täten, an sich selbst zu denken. Besonders jetzt.

Frau Hempel seufzte, holte das Staubtuch und tappelte sich durch den schwarzen Schlund des Korridors zur Schlafzimmertür, um nach Laura zu sehen.

Sie fand das Zimmer, das nun ein wenig mehr vom Tageslicht abbekam, sauber und nett in Ordnung gestellt. Der Vorhang war beiseite geschoben, und Laura saß auf dem Bettrand und flocht sich vor einem Handspiegel, den sie mit einem Strumpf an die Stuhllehne gebunden hatte, den zweiten ihrer nussbraunen Zöpfe. Sie sah entzückend schlank und feinknochig aus, und Frau Hempel musste wieder einmal denken, dass sie in schönen Kleidern feiner als eine Prinzessin aussehen würde.

Von dem Augenblicke an, wo Frau Hempel das zierliche Wesen zum erstenmal im Arm gehalten hatte, war es ihr klar gewesen, dass es das Mädchen besser haben sollte als sie. Wäre es ein Junge geworden, hätte er etwas wie Bismarck oder Zeppelin werden müssen. Aber auch ein Mädchen konnte Glück haben. Sie hatte ihr darum einen besonders schönen und klangvollen Namen geben wollen. Liselotte sollte sie heißen oder Bianka-Maria. Aber Hempel hatte gemeint, dass das Namen für Rennpferde wären und nicht für ein anständiges Mädchen. In den ersten Ehejahren wurde sein Wille durchaus anerkannt. So wurde Laura nach ihres Vaters Mutter benannt, die bis in das höchste Alter hinein eine vielgesuchte Kochfrau in den besten Familien war. –

Jetzt hatte Laura ihre Frisur beendet. Sie sprang vom Bett herunter und holte sich ihre Stiefelchen. Über die schwarzen Wollstrümpfe, ein Werk der Mutter, zog sie hohe Knopfstiefel, deren feines Leder mit hellrosa Seide gefüttert war. Es waren Stiefel, wie sie nur eine Prinzessin oder eine Schustertochter tragen konnte.

Als Laura das Kleid übergezogen hatte, ging sie zur Tür. Hier drehte sie sich noch einmal um, nickte der Mutter, die schweigend mit dem Staublappen über die Möbel fuhr, lächelnd zu und sagte: »Ich bin neugierig, was werden wird.« Und ehe sie Antwort hätte bekommen können, war sie hinaus.

Hempels lebten nämlich in den Tagen eines großen Entschlusses.

Lauras Zukunft, die seit sechzehn Jahren unbestimmt golden in der Ferne geflimmert hatte, stand plötzlich vor ihnen, und wie alle Dinge, die wir dicht vor Augen haben, ohne jeden besonderen Glanz.

Es war ein Jahr her, seit das Mädchen eingesegnet worden war. In wenigen Tagen sollte sie auch die Wirtschaftsschule verlassen, wo sie auf Fürsprache der Frau Bankdirektor einen Freiplatz erhalten hatte.

Nun musste ein Beruf für sie gefunden werden. Frau Hempel hätte ihr Mädchen gern im Haus behalten, aber Hempel wollte es nicht dulden.

»Dazu haben wir kein Geld. Wer faulenzen will, muss einige Stockwerke höher zur Welt kommen«, sagte er und zeigte mit dem Schusterpfriemen zur Decke, wo die Melodien der neuesten Operetten herumhüpften, die Bankdirektors junge Tochter den Tasten und Pedalen mit unerschrockener Mühe abtrotzte.

Bei solchen Worten lächelte Frau Hempel. Heimlich und verschwiegen.

Man kennt sich noch nicht, weil man miteinander verwandt ist.

Sie spielte ein ganzes Viertellos in der Klassenlotterie und konnte jeden Tag Millionärin werden. Aber nicht das allein. Im untersten Schub der Kommode, da, wo das dunkle Schlafzimmer am dunkelsten war, lagen auf Lauras Namen drei Sparkassenbücher, in denen es von Ziffern und Nullen wimmelte. Sie wussten, warum Frau Hempel unermüdet freundlich, hilfreich und geduldig gegen alle Hausbewohner war, von denen auch nur der geringste Vorteil zu hoffen war. Wo jemand erkrankte, da sprang Frau Hempel ein, bei jeder Wäsche half sie, bei jeder Festlichkeit, bei jedem Unglück. Sie schleppte Kohlen für die feinen Köchinnen, sie seifte und scheuerte, sie putzte und nähte, flickte und fegte. Niemand verstand wie sie eine solche Fülle von Glück zu Neujahr und anderen Festen zu wünschen. Noblesse oblige. Das Trinkgeld musste sich halbwegs dem Reichtum der guten Wünsche anpassen.

Wenn Frau Hempel beim Ausbessern von Wäsche und

Kleidern half, hatte sie eine herzgewinnende Art, die Damen davon zu überzeugen, dass dieses und jenes Stück nicht mehr für sie tauge. Welcher feine Mensch will mit Flicken gehen? Höchstens für sie war so etwas noch gut.

Abends aber bei der Lampe, wenn das Haus geschlossen war und Laura schlief, verstanden die derben Hände aus diesen Lappen von Seidenbatist und Spitzen die zierlichsten Wäschestücke zu fertigen. –

So stand es im Geheimen um Laura. Wo aber war der Weg zum Glück?

Wäre man der Familienüberlieferung gefolgt, hätte Laura Dienstmädchen werden müssen. Das war ihre Mutter gewesen und ihre beiden Großmütter, und alle waren zu braven Männern gekommen.

Hempel sagte: »Schuster, bleib bei deinen Leisten.«

Aber seine Lebensgefährtin zuckte die Achseln über solche altmodischen Redensarten. Sie sagte, dass, wer heute oben ist, morgen unten sein kann und ebenso umgekehrt. Sie wollte nicht alle zählen müssen, die nur in die Volksschule gegangen wären und heute auf Millionen säßen, und sie fügte hinzu, dass man noch nicht weniger sei als die anderen, weil man nicht Geld genug habe, um sich dreimal am Tage den Magen verderben zu können.

Darin gab ihr Hempel vollkommen recht.

»Am Ende läuft jeder die Stiefel schief«, sagte er.

Aber auch solche Reden führten nicht zum Ziel.

Schließlich hatte man Laura selbst gefragt, was sie werden wolle. Ohne Zögern antwortete sie, dass sie bei einer feinen Putzmacherin die schönen Hüte austragen möchte, in großen und glänzenden Schachteln.

»Da kann ich immer hübsch angezogen sein«, sagte sie fröhlich, »und wenn ich viel Stiefelchen verlauf, macht mir der Vater neue, so viel ich will.«

»Einen Beruf, der auf der Straße vor sich geht, den duld

ich nicht«, knurrte Hempel und schlug einen Nagel so gründlich durch die Sohle, dass dem Hauswirt, dem Besitzer des Stiefels, der ganze Nachmittag verdorben wurde.

»Wie kommst du zu solchen Wünschen«, rief Frau Hempel. Aber nicht jede Frage bekommt ihre Antwort.

Laura sah mit den großen blanken Augen weit über die Eltern hinweg. Ihre Blicke zwängten sich durch das niedrige Fensterviereck auf die Straße, wo man nur Stiefel sehen konnte, die über das Pflaster liefen. Sie dachte an ein Bild, das bei Bankdirektors im Flur hing: Im Gewühl der Straße grüßte ein schneidiger Leutnant ein reizendes Putzmachermädchen. –

So gingen die Tage, ohne dass ein Entschluss gefasst wurde; denn viel Zeit zum Grübeln gab es nicht. Auch jetzt musste Frau Hempel sich eilen. Man erwartete sie schon bei Bombachs, wo sie beim Umräumen der Wohnung helfen sollte. Aber auch der Köchin von Bankdirektors hatte sie versprochen, die zwanzig Pfund Preiselbeeren auszulesen, die eingemacht werden sollten.

Eilig setzte sie ein Stück Suppenfleisch aufs Feuer, das schon eine Abschlagzahlung der Köchin für die heutige Hilfeleistung war. Neben den Suppentopf rückte die Kaffeekanne, eine frische Schürze schnellte um den runden Leib, und schon klapperte Frau Hempel die Hintertreppe hinauf zum Hauswirt.

In der Bombachschen Wohnung, wo jetzt für ein Kinderbett Raum geschaffen werden sollte, hatte jedes Stück seinen bestimmten Platz, unverrückbar und genau wie die Dinge der Weltordnung.

Eine feierliche Stille herrschte in ihnen zu allen Stunden. Die Klingeln waren durch Flanellbinden gedämpft, kein Fernsprecher bellte von der Wand. Herr und Frau Bombach liebten nicht zu schwatzen, und keinesfalls mit Leuten, die sie nicht vor Augen hatten.

Als Frau Hempel jetzt klingelte, um mit ihren kräftigen Armen in die feste Ordnung der Wohnung zu greifen, rüstete sich Herr Bombach eilig zum Gehen. Ihn graute vor Gerumpel und Gepolter, diesen fürchterlichen Geräuschen des Unfriedens und Unglücks. Er schärfte dem Dienstmädchen und Frau Hempel ein, dass sie jede halbe Stunde nachfragen sollten, ob die gnädige Frau etwas wünsche, dann eilte er hinaus.

Als die erste halbe Stunde vorüber war, trabte Frau Hempel den Korridor entlang, klopfte an die Wohnzimmertür und trat auf Zehenspitzen ein.

Die gnädige Frau lag auf dem Sofa und sagte, dass sie nichts wünsche und wohl bald überhaupt nichts mehr brauchen werde auf dieser Erde.

Frau Hempel betrachtete das neue Silbertablett, auf dem eine Tasse Bouillon stand, und dachte: So sollte es Laura einmal haben. Dann sagte sie: »Immer mutig, gnädige Frau«, und ging wieder hinaus.

Als Herrn Bombachs Bett in der Schrankstube stand und die weiße Wiege das Schlafzimmer noch freundlicher machte, kam Herr Bombach zurück und starrte mit entsetzten Augen auf diese rücksichtslose Umwälzung in Räumen, die zwanzig Jahre lang ihre Ordnung bewahrt hatten.

Frau Hempel meinte, dass sich Herr Bombach noch über manches wundern werde; und als der Hausherr auf ihre Frage, ob sie noch mehr umzuräumen habe, nur stumm und entsetzt abwinkte, beeilte sie sich davonzukommen.

Wer unter Menschen geht, erfährt etwas. –

Während Frau Hempels kräftige Hände in den roten Beeren wühlten, erzählte ihr die Köchin, die eine Gans rupfte, von einer Wahrsagerin, die ihr für fünf Mark ein langes Leben mit einer Menge Glück und Segen prophezeit hatte.

Frau Hempel hätte gern noch mehr davon gehört, aber man klopfte an die Küchentür und rief nach der Portierfrau.

Es war Graf von Prillberg aus dem Gartenhaus.

»Kommen Sie rasch, Frau Hempel, es tropft bei uns«, schrie er und rannte auf seinen grünen Filzschuhen voran.

Frau Hempel folgte ihm langsam.

Die Decke des gräflichen Wohnzimmers war feucht, und dann und wann löste sich ein Tropfen davon.

Frau Hempel zog ihren Kehlkopf so weit in die Höhe, als es ging, und sagte dann ruhig:

»Das muss Wasser sein.«

»Das muss nicht Wasser sein, aber das ist es leider«, schrie der Graf. »Ich zahle doch nicht meine teure Miete, um wie ein Frosch unter Wasser zu sitzen.«

»Teilen Sie das Herrn Bombach mit«, sagte Frau Hempel und ging.

Sie war ärgerlich. Nun musste sie bis zur Straßenecke laufen und in der Speisewirtschaft an den Klempner telefonieren. Eine Mühe ohne besonderen Lohn.

Als sie an ihrer Wohnung vorbeikam, steckte sie den Kopf zum Fenster hinein und rief: dass beim Grafen ein Rohr geplatzt sei und sie den Klempner bestellen gehe.

Hempel erwiderte, dass alles einmal platzen müsse, und klopfte weiter.

Frau Hempel seufzte hörbar, schlug das Fenster zu und verließ das Haus. –

Die kleine Speisewirtschaft an der Straßenecke gehörte Kempkes, die seit sechzehn Jahren treue Nachbarschaft mit Hempels hielten. Aber seit einiger Zeit zog sich Frau Hempel von diesem Verkehr zurück. Kempkes Ältester hatte schon zweimal für Laura eine Flasche Himbeersaft gebracht, an die eine Rose gebunden war. Der Saft war gut und brauchbar gewesen, aber Fritz Kempke war kein Verehrer für Laura. Alles, was mit Alkohol zu tun hatte, war von Übel.

Als Frau Hempel den Schenkladen betrat, war zu ihrem Ärger nur dieser junge Mann anwesend, der sie sofort begrüßte und ihr den Weg zum Fernsprecher bahnte, wobei er sich nach Laura erkundigte und Grüße für sie auftrug.

»Ich spreche für Bombachs und nicht für uns«, sagte Frau Hempel ablehnend und ärgerte sich über eine große Krawatte aus roter Seide, die sicherlich Lauras Bewunderung erwecken sollte.

Als Frau Hempel wieder nach Hause kam, war auch Laura zurückgekehrt. Sie hatte schon den Tisch gedeckt, des Vaters Werkstatt ausgefegt und siebte nun die Suppe durch.

Frau Hempel rührte noch eine kräftige Senfsauce an, und bald saßen sie um den Tisch. Die Gabeln und Messer klapperten, und die Backen kauten. Essen war eine Beschäftigung, bei der man nicht sprach.

Nur Laura sagte, wobei sie den Kopf zur Seite neigte:

»Wenn ich Luftschifferin werden könnte. Da fliegt man über die ganze Welt und kann die vornehmsten Bekanntschaften machen.«

»Das ist mir zu hoch«, antwortete Frau Hempel kurz und bündig.

Hier wurde das Mittagsmahl unterbrochen. Die Klempner waren gekommen und wollten wissen, wo sie arbeiten sollten.

Diese Störung kam Frau Hempel nicht ungelegen. Sie wünschte heute nicht mehr von Lauras Zukunft zu sprechen. Als sie die Senfsauce rührte, war ihr ein Gedanke gekommen. Sie wollte ebenfalls die Wahrsagerin aufsuchen.

Der eine hat das gelernt, der andere jenes. Vielleicht wusste eine solche Frau wirklich ein wenig früher als die anderen, was geschehen würde. Wenn man das heraus hätte, müsste es leicht sein, das rechte zu finden. Jedenfalls konnte man es versuchen.

In der Dämmerstunde, wo alle Dinge ihre Wirklichkeit verlieren, fand Frau Hempel endlich Zeit, ihren Plan auszuführen.

Sie hätte gern ihre Sonntagskleider angezogen. Einer gut gekleideten Dame wird niemand eine ordinäre Zukunft anzubieten wagen. Aber dann hätte Hempel sicherlich gefragt, wo hinaus sie am Werktag mit so feinen Kleidern wolle, und so ging sie im Umschlagtuch, aber aufs sauberste frisiert und gewaschen.

Die weit sehende Frau wohnte in einem Hause, wo Frau Hempel nicht für tausend Mark im Jahr hätte Portierfrau sein mögen. Schmutzige Kinder und Obstreste im Flur und auf den Treppen und überall ein Dunst, als gäbe es draußen keine frische Luft und hier keine Fenster, um sie hereinzulassen.

Mit gerümpfter Nase stieg Frau Hempel die vier steilen Treppen hinauf und klingelte.

Eine Frau, von dem gleichen breiten Format wie sie selbst, öffnete die Tür.

Alles schien sie nicht im voraus zu wissen, denn sie fragte mürrisch, was Frau Hempel von ihr wolle.

Frau Hempel fragte mit kräftiger Stimme, ob hier nicht geweissagt würde, und nun ließ die andere sie rasch herein.

Sie betrat ein niedriges Zimmer, in dem eine Petroleumlampe brannte und wo es stark nach gekochtem Kohl roch.

Frau Hempel dachte, dass es kein Kunststück wäre, der Frau hier wahrzusagen, dass sie zu Mittag Wirsingkohl gegessen hätte. Aber rückwärts zu sehen war einfacher als weit voraus.

Die Frau saß jetzt am Tisch, wo sie ein schwarzes Tuch ausgebreitet hatte. Vor ihr lag ein dickes Buch.

Frau Hempel, die ihr gegenüber Platz nehmen musste, hielt es zuerst für eine Bibel, aber dann buchstabierte sie heraus, dass es ein altes Adressbuch war. Als die Frau ihre Blicke bemerkte, drehte sie das Buch um.

Guter Rat ist teuer.

»Legen Sie ein Zwanzigmarkstück auf den Tisch«, sagte die Frau ernst und schwer.

»Fällt mir nicht ein«, wehrte sich Frau Hempel. »Mehr als fünf Mark wende ich nicht an.«

»Aus Gold wird Gold, aus Silber – Silber«, drohte die Wahrsagerin und sah zornig auf das große Silberstück.

Sie wartete eine Weile.

Als ihr Besuch keine Miene machte, das Portemonnaie wieder zu öffnen, steckte sie einen Zeigefinger in das Adressbuch, legte die andere der abgehärteten Hände, deren Nägel schwarz umrändert waren, vor das aufgeschwemmte Gesicht und murmelte:

»Sie sind sparsam, Sie arbeiten. Geld wird zu Geld kommen. Sie werden Freude haben und Verdruss und wieder Arbeit haben und wieder Freude.«

»Das ist schon alles dagewesen. Das weiß ich selbst«, unterbrach Frau Hempel sie ärgerlich. »Ich will Neues erfahren, und nicht von mir, sondern von meiner Tochter. Ich denke, Sie wissen alles.«

»Für fünf Mark«, sagte die Frau gehässig. »Aber meinetwegen.«

Sie holte ein klebriges Spiel Karten, wo sich die fettigen Blätter nur unwillig und schwer voneinander trennten.

Dann murmelte sie aufs neue:

»Jugend will Liebe. Liebe bringt Glück oder Unglück, oder beides. Geld bringt Ehre. Geld wärmt kein Herz. Ein langes Leben. Drei Männer begrabend. Zwanzig Kinder hinterlassend.«

»Nun ist's aber genug«, rief Frau Hempel, die bis jetzt gespannt und mit Herzklopfen zugehört hatte.

»Hören Sie auf mit Ihrem Hokuspokus. Ich verbitte mir Ihre zwanzig Enkel. Da ist kein wahres Wort daran.«

Sie hatte ihr Umschlagtuch umgenommen und rannte wütend zur Tür.

»Wenn Sie alles besser wissen, hätten Sie nicht herkommen sollen«, sagte die andere höhnisch. Einen gefährlichen Augenblick lang sahen sich die beiden kräftigen Frauen starr in die Augen. Die derben Fäuste waren geballt. Aber dann lösten sich ihre Blicke, und Frau Hempel schlug die Tür hinter sich zu.

Sie eilte durch die abendlichen Straßen, in denen die Leute vorwärtsjagten, als ob sie vor einem Feuer flüchteten. Sie liefen dem Tagewerk davon, das abgetan war. Sie wollten zur Ruhe oder zum Vergnügen kommen.

Frau Hempel nahm im Eckladen ein Stück Wurst und eine Flasche Bier mit und war wieder zu Hause. Ihr war ganz elend zu Mut. Das Weib hatte natürlich gelogen. Wenn es nun aber nicht gelogen hatte? Zwanzig Kinder? Verstohlen betrachtete sie das schlanke Laurachen, das fröhlich lächelte. Was alles konnte dem Kinde bevorstehen?

Es war gut, dass Laura jetzt nicht um die Stelle bei der Putzmacherin schmeichelte. Viel hätte ihr die Mutter heute nicht abschlagen können.

A lles muss vorwärts auf dieser drehbaren Erde. Wenn wir nicht selbst bestimmen, dann werden wir bestimmt.

Noch ehe Laura die Wirtschaftsschule verlassen musste, hatte sie einen neuen Posten gefunden, an den niemand zuvor gedacht hatte.

Aus Zufall oder auch nicht aus Zufall.

Der Sonntagmorgen hatte in das neue Kinderbett einen kleinen Bombach gelegt. Alles war gut gegangen. Frau Minchen Bombach schlief zufrieden und lächelnd, wie man schläft, wenn man ein großes Werk verrichtet hat. Und der Neuling atmete so ruhig, wie man atmet, wenn man noch nichts vom Leben weiß.

Nur Herr Bombach, der Vater, war noch vollständig fassungslos.

Denn beinahe hätte er sein Minchen umgebracht. Und was wäre dann aus ihm geworden? Er brauchte Minchen zum Leben, er hatte sie nötig, wie man die Sonne braucht und die frischen Morgensemmeln und den guten Kaffee.

Als es Zeit war, den Arzt und sonst jemand zu holen, war er auf die Straße gestürzt, hatte ein Automobil angerufen und war hineingestolpert. Der Kutscher wollte fragen, wohin die Fahrt gehen solle, aber Herr Bombach, rasend über diese Verzögerung, hatte geschrien:

»Loskurbeln, los, fahren!«

Ein Großstadtkutscher, der Nachtdroschken fährt, wundert sich über nichts.

Er kurbelte an und fuhr los.

In den Straßen des Westens sauste er in wilder Jagd, im Mittelpunkt der Stadt, wo zwischen den elektrischen Bogenlampen alle die vielen umherschwärmen, die Angst haben, zu Bett zu gehen, verlangsamte sich die Fahrt ein wenig, aber immerhin ging es rascher als je am Tage, denn alle Lastpferde schliefen. Als der Kutscher beinahe die ganze Stadt durchstöbert hatte, hielt er endlich an, um nach dem Trunkenbold in seinem Wagen zu sehen. Er kletterte vom Bock und öffnete die Wagentür.

»Also wo wollen Sie hin?«, sagte er barsch.

Herr Bombach fuhr entsetzt empor.

»Sind wir endlich da?«, schrie er.

»Da sind wir und hier sind wir, aber ob wir da sind, wo Sie hin wollen, weiß ich nicht; denn das haben Sie mir noch nicht mitgeteilt«, sagte der Kutscher. Er grinste; denn er bemerkte jetzt, dass sein Fahrgast ohne Kragen und Krawatte war. Dem haben sie gut mitgespielt, dachte er.

»Hab' ich Ihnen die Adresse nicht gesagt«, schrie Herr Bombach angstvoll. »Zwei Adressen sind es. Allmächtiger Gott, ich weiß sie nicht mehr. Seit Monaten hab' ich nichts anderes im Kopf. Zwei Adressen sind es. Allmächtiger Gott, ich weiß sie nicht mehr.«

»Besinnen Sie sich«, sagte der Kutscher ungeduldig. »Was wollen Sie mit zwei Adressen? Eine wird auch ausreichen.«

Er wartete einen Augenblick, aber Herr Bombach stöhnte nur.

»Also los, Mensch, wo wohnen Sie? Ich fahre Sie sonst einfach nach der Charité«, rief er jetzt wütend.

»Sie haben mich nicht Mensch zu nennen. Ich bin kein Mensch«, schrie Herr Bombach. »Für Sie bin ich der Herr Hausbesitzer Bombach.« Und er schrie Straße und Hausnummer dem Mann ins Gesicht.

»Na Gott sei Dank«, sagte der Kutscher besänftigt und stieg gemütlich auf den Bock. Das Automobil ratterte los. –

In der Bombachschen Wohnung waltete Frau Hempel. Sie braute Kamillentee und Zitronenlimonade und sagte mit der Regelmäßigkeit eines Metronoms: »Geduld, gnädige Frau.« Als die Zeit verging, ohne dass Herr Bombach oder die medizinischen Hilfskräfte erschienen, ging sie entschlossen hinunter, weckte Kempkes und telefonierte. Die Adressen waren ihr bekannt. Sie lagen seit Wochen auf dem Schreibtisch, den Nachttischen, auf dem Büfett und im Küchenschrank, um im gegebenen Augenblick greifbar da zu sein. –

Als Herr Bombach atemlos die Treppe heraufgestürzt kam, war alles in bester Ordnung.

»Die Verzögerung wird sie töten«, ächzte er und brach in Tränen aus, als er hörte, dass alles gut gehe und Arzt und Frau im Hause waren.

Aber als ob das Unglück hinter ihm herjagte, klopfte es jetzt derb gegen die Eingangstür.

Frau Hempel öffnete eilig.

Der Chauffeur stand draußen und sagte wütend:

»Wohnt hier der besoffene Kerl, den ich gefahren habe? Ich will mein Geld.«

»Der Herr hier trinkt keinen Alkohol, aber vielleicht ist er Auto gefahren«, meinte Frau Hempel und ließ ihn warten.

Im gleichen Augenblick, als sie Herrn Bombach fragte, ob er Auto gefahren sei, ohne zu bezahlen, öffnete sich die andere Tür des Zimmers. Der Arzt kam herein und sagte:

»Ich gratuliere Ihnen, Herr Bombach. Ein reizender Junge ist da.«

Herr Bombach taumelte von einem zum anderen, drückte alle Hände hintereinander und stolperte dann zum Kutscher hinaus, der aufs neue gegen die Tür hämmerte.

»Ein Junge ist es, ein reizender Junge«, sagte Herr Bombach schwankend und lachend und gab dem Mann ein Zwanzigmarkstück. Dieser sah auf das Goldstück, lächelte und sagte nachsichtig:

»Na, legen Sie sich nur hin und schlafen Sie sich aus. Das kann schließlich jedem mal passieren.« –

Es war jetzt Zeit, dem Sonntag Haus und Türen zu öffnen, und Frau Hempel verließ die Bombachsche Wohnung, um an die gewohnte Arbeit zu gehen. Etwas müde und überwacht, aber doch mit kräftigem Schritt.

Herr Bombach rannte durch die Wohnung, holte Tücher und Lappen und umwickelte alle Klingeln doppelt und dreifach, aber auch als das besorgt war, jagte er weiter ruhelos umher, so dass Herr Bankdirektor aus seinem Morgenschlaf gestört wurde und schlaftrunken murmelte, dass man sich wirklich beim Hauswirt über die Sonntagsstörung beschweren müsste, wenn sie nicht gerade von diesem selbst verübt würde. –

Es war Nachmittag geworden.

Hempels saßen beim Sonntagskaffee, zu dem Frau Hempel einen besonders großen und schweren Napfkuchen gespendet hatte. Man muss die Feste feiern, wie sie fallen. Sie wusste, dass die nächste Zeit eindringlich sein werde, und sie war voller Anerkennung für den kleinen Bombach. Einen ganz reizenden Jungen nannte auch sie ihn.

Ehe sie ausgetrunken hatten, klopfte es gegen die Scheiben, und Herrn Bombachs Gesicht, blass und aufgeschwollen vor Übermüdung, wurde sichtbar.

»Ich muss Sie sprechen, Frau Hempel«, rief er und trommelte ungeduldig gegen das Fenster.

»Sofort«, sagte diese, setzte rasch den Kaffeetopf aufs Feuer zurück und kam heraus.

»Entschuldigen Sie, dass ich Sie nicht näher bitte«, sagte sie mit breitem Lächeln. »Aber Sie wissen am besten, dass dem lieben Herrgott unsere gute Stube nicht recht geraten ist.« Sie dachte, dass es ganz gut wäre, wieder einmal den Hauswirt an ihre schlechte Wohnung zu erinnern.

»Schon gut, schon gut. Kommen Sie nur«, sagte Herr Bombach ungeduldig. Er hatte weder für feine noch für grobe Anspielungen der Sprache Gehör und stürzte schon wieder die Treppen aufwärts.

Frau Hempel musste auf einem der Lederstühle im Wohnzimmer Platz nehmen, was sie ein wenig genierte. Herr Bombach lief um sie herum und durchs Zimmer, wie wenn er von Zahnschmerz oder Leibweh getrieben würde. Dem bekommt der Junge nicht, dachte Frau Hempel, die ihm mit ruhigen Augen folgte, und unwillkürlich schüttelte sie den Kopf.

»Schütteln Sie nicht mit dem Kopfe, ehe Sie wissen, um was es sich handelt«, schrie Herr Bombach heftig. »Also die Sache ist die. Der Arzt sagt, dass ich eine zuverlässige Person für meinen Sohn brauche.«

Er hatte zum erstenmal »mein Sohn« gesagt und machte daher eine Pause. Wie in jungen Jahren fuhr er sich mehrmals rasch über den Kopf, wo bis vor einem Jahrzehnt eine kräftige Haartolle saß.

»Es muss eine freundliche, sehr saubere, brave Person sein, die das Kind besorgen und ihm Milch geben kann, das heißt, verstehen Sie, natürlich aus der Flasche.«

»Ich versteh’ schon«, sagte Frau Hempel vorsichtig, »aber ich, Herr Bombach, kann wirklich nicht.«

»Sie?«, rief der neue Vater empört. »Ihr kleiner Finger könnte das Kind erdrücken.« – Zornig maß er die breite, volle Gestalt auf dem Stuhl.

Frau Hempel wollte sich beleidigt erheben. Aber schon sprach der aufgeregte Herr Bombach weiter:

»Sie sind die bravste Frau der Welt, aber für so etwas nicht mehr geeignet. Ich denke an Ihr Laurachen, das fein und wohlerzogen ist, deren Wandel wir von klein auf kennen, und die uns für diesen Zweck wie geschaffen erscheint.« –

Die meisten Menschen reden zu viel. Sie vergessen, dass es beim Sprechen nicht auf die Masse ankommt. Die richtige Wahl der Worte ist alles.

Mit den Ausdrücken »fein und wohlerzogen« hatte Herr Bombach gesiegt. Alles Vergangene war vergessen. Frau Hempel wurde gar nicht bewusst, dass es sich hier um eine Dienstbotenstelle handelte. Sie sah sich plötzlich von der Sorge um Lauras nächste Zukunft befreit und wurde freudig erregt. Besonders als Herr Bombach mit Stolz hinzufügte, dass Laura bezahlt werden würde, wie wenn sie einen Prinzen pflegte, denn so sollte es der junge Bombach auch haben.

Frau Hempel sah im Geist ein viertes Sparkassenbuch auf Lauras Namen im Schub liegen. Es war ihr, als kämen von allen Seite Berge von Gold auf sie ein, um sie zu erdrücken.

»Jetzt merke ich die durchwachte Nacht, mir ist schwindlig«, sagte sie und versprach, alles mit Hempel zu überlegen.

Ihm ging es nicht anders als seiner Frau. Im Geheimen war er froh, dass das Mädchen wenigstens unter demselben Dach blieb.

So kam Laura zu Bombachs.

Am nächsten Morgen stieg sie um zwei Etagen höher. Mit dem glücklichen Gleichmut, womit wir in der Jugend alles beginnen.

Frau Hempel hatte einen Griff in die geheimen Kästen

getan und das Mädchen mit zierlichen Schürzen und neuen Blusen versehen.

Trotzdem war der Beginn ihrer Tätigkeit nicht leicht.

Während Frau Bombach noch schonungsbedürftig war, kümmerte sich Herr Bombach um den Haushalt.

Aber wenn man sich auch den ganzen Weltenhaushalt von einem Mann geführt denkt, ist doch kein irdischer Mann als Hausfrau brauchbar.

Als Herr Bombach bemerkte, dass Laura die Milch für den Säugling mit Wasser mischte, geriet er in grässliche Wut. Er wollte nicht glauben, dass dies eine Vorschrift seines gut bezahlten Hausarztes sei. Sein Kind, dem man täglich eine ganze Kuh kaufen könnte, hatte nicht nötig, sich mit verwässerter Milch zu begnügen.

Am Abend schlich er herbei, als Laura neben dem Bett des schlafenden Kindes nähte. Er stürzte auf sie zu und nahm ihr mit schnellem Griff die Schere fort. »Messer, Schere, Feuer, Licht, sind für kleine Kinder nicht«, sagte er heftig.

Und so sollte noch manches Wunderliche geschehen.

Indessen saßen sich die Eltern im Keller schweigsam gegenüber.

»Ich weiß nicht«, sagte Hempel, »ich habe heute keinen rechten Hunger.«

Frau Hempel räumte ohne Widerspruch die Teller ab und murmelte: »Das macht wohl das Ungewohnte.«

Als sie schlafen gegangen waren, stand Frau Hempel noch einmal auf und zog den grünen Vorhang vor Lauras Bett kräftig beiseite.

»Man meint immer, das Mädchen atmen zu hören«, sagte sie. »Besser, man sieht, dass sie nicht da ist.«

Laura lag zwischen gutem Linnen, hörte auf das Pusten des schlafenden Säuglings und dachte an die bunten Dinge des Lebens. An Liebe, an Ehe und zwischendurch auch an die Eltern.

Gähnend dachte sie darüber nach, warum sich die Menschen so froh stellten, wenn sie ein Kind bekamen. Es trinkt, es schläft, man wickelt es ein, man wickelt es aus und wickelt es wieder ein. Das ist alles.

V om Küchenfenster aus und auch von Lauras Zimmer konnte man die Wohnung des nervösen Grafen von Prillberg vollkommen überblicken. Jeden Morgen sah Laura, wie der Graf sich in großer Erregung rasierte, wobei er sich mit der linken Hand an der Nase herumführte und sich einseifte. Nach dem Frühstück bürstete er sorgfältig den Zylinderhut und den Überzieher und rannte über den Gartenhof davon, um nun den ganzen Tag über in der Stadt zu bleiben.

Er war Sektagent und pries den feinen Leuten, die zahlen konnten, den Sekt seiner Firma in ihren guten Stuben an. Im Namen liegt eine hohe Bedeutung. Es gab wenige Familien, wo ein Graf von Prillberg nicht gleich in den Salon geführt wurde.

Während der Graf auf diesen Wegen war, besorgte seine Gattin den bescheidenen Haushalt. Erst mittags wurde sie Gräfin. Laura sah, wie sie dann den Zopf aus der Schublade nahm, ihn vorsichtig auskämmte, wieder flocht und sich sorgsam zu frisieren begann. Wenn der Zopf als Kranz auf dem Kopfe lag, zog die Gräfin das schwarze Kleid an und befestigte darauf das Spitzenjabot mit der großen Brosche, die eine dicke goldene Krone war. Dann setzte sie sich ans Fenster und nähte und flickte an alten Wäschestücken, von denen jedes mit einer Krone versehen war.

Alles geschah mit einem tief betrübten Gesicht.

Denn die Gräfin war sehr unglücklich, und ihr einziges Vergnügen war, sich über ihr Schicksal beklagen zu dürfen.

Das wusste Laura aus den vielen Plauderstündchen, die

zwischen der Mutter und der Gräfin stattgefunden hatten. Sie wusste genau über sie Bescheid. Die Gräfin war aus sehr vornehmem Hause und Gesellschafterin bei einer alten Dame gewesen, die ungeheuer reich war. Die hatte weite Reisen gemacht und beinahe die ganze Welt aus den Fenstern der teuersten Hotels gesehen. Sie hatte nichts anderes am Körper gekannt als Seide, bis sie den Grafen geheiratet hatte, weil sie in dem falschen Glauben gewesen war, dass ein Mensch dasselbe sei wie sein Name. Niemand hätte ihr voraussagen können, dass sie einmal in einem Hinterhause leben sollte.

An all das dachte Laura, wenn sie mit zufriedener Zuschauermiene den wechselnden Szenen dort unten folgte, bis der kleine oder große Bombach sie heftig zu ihrer Pflicht zurückriefen. Oft schrien beide zugleich. Ohne Zögern griff Laura dann zum Säugling und nahm ihn singend und lächelnd in den Arm. Die Natur der Mutter sprach aus ihr, die auch niemals von zwei Übeln das größere gewählt hätte.

Doch es kamen Tage, wo Laura keine Muße fand, um über den Trübsinn einer Gräfin nachzusinnen. Ein prächtiges Tauffest wurde vorbereitet. Alles, was man an Silber und Kristall, an Porzellan und früheren Freunden hatte, wurde wieder hervorgeholt, um prunken zu helfen. Es gab viel Arbeit und beständige Aufregung und Unruhe, bis der feierliche Augenblick vorüber war, wo der kleine Bombach den Namen Hans Friedrich erhalten hatte und in festem Schlaf der christlichen Gemeinde beigetreten war. Dann gab es wieder ein emsiges Räumen, Polieren, Putzen und Scheuern, bis die Bombachsche Wohnung endlich in gewohnte Bombachsche Ordnung und Sauberkeit zurückfiel.

Da war Laura schon über einen Monat auf ihrem Posten. Der Herbst war vorbei, und der erste Schnee tanzte im weißen Wirbel nieder, um von kratzenden Harken und scharrenden Schippen wenig sanft empfangen zu werden.

Frau Hempel fegte und schaufelte mit kräftigen Bewegungen ihr Stück Großstadt von diesem unerwünschten Verkehrshindernis frei. Ihre Hände und Wangen waren blaurot vor Kälte, aber angenehme Gedanken wärmten sie. Sie dachte an das vierte Sparkassenbuch, das ihr ein neuer Beweis dafür war, wie rasch aus einstelligen Zahlen mehrstellige werden können, wenn man sie häufig genug verdoppelt.

Frau Kempke kam aus ihrer Schankwirtschaft und streute aus ihrer Schürze Sand auf die glatten Stufen, die zum Laden führten. Beide Frauen riefen sich durch das Flockengewirbel einen vergnügten Gruß zu. Auch Frau Kempke war gut gelaunt. Das war das richtige Wetter für Schnaps und wärmende Schlucke.

Als Frau Hempels Arbeit zum großen Teil getan war, kam das Zimmermädchen von Bankdirektors aus dem Haus. Mit hochgerafftem Rock trippelte sie über das gefrorene Pflaster auf Frau Hempel zu und sagte:

»Ich muss so rasch wie ich kann in die Apotheke rennen.«

Damit blieb sie stehen und sah mit Wohlgefallen zu, wie die Straßenkehrer den angehäuften Schnee auf die Wagen schaufelten.

»Wer ist denn krank?«, fragte Frau Hempel, ohne ihre Arbeit zu unterbrechen.

»Alle«, sagte das Mädchen. »Es gab einen Teufelskrach.«

Frau Hempel richtete sich auf.

»Warum denn?«

»Irgendjemand hat unser Fräulein mit ihrem Leutnant in einer Konditorei erwischt. Als sie aus der Klavierstunde kam, haben sie sie in den Salon gerufen. Ihn oder keinen, hat sie geschrien. Heiraten aus Verliebtheit bringt kein Glück, rief der Direktor. Soll man sich aus Hass heiraten?, schrie die gnädige Frau dazwischen und schluchzte laut auf. Jetzt sind sie alle in ihren Zimmern, haben sich eingeriegelt, und ich soll Baldrian und Eau de Cologne holen.«

Sie ging nun auf Zehenspitzen vorsichtig davon. Ein lebendiger Beweis dafür, dass Wände Ohren haben.

Frau Hempel beeilte sich jetzt, fertig zu werden, um ins Haus zu kommen und Hempel das Gehörte mitteilen zu können. Als sie endlich so weit war, ging sie rasch in die Küche, holte sich den wärmenden Kaffeetopf und eine große Tasse und setzte sich noch frisch von der Kälte neben den hämmernden Hempel.

Als sie fertig berichtet hatte und ihr Gesicht wieder über dem bunten Tassenrand auftauchte, unter dem es verschwunden gewesen war, um einige kräftige Schlucke zu schlürfen, sagte Hempel in gewohnter Ruhe:

»Was ist dabei zu tun? Es ist wie mit den Stiefeln. Man muss sie nehmen, wie sie sind.«

Kalte, graue Tage kamen, die gar nicht zu erwachen schienen und in Dämmerung hinschmolzen, bis sie die Nacht in den Sack steckte. Aber Laura hatte Zerstreuung gefunden für die einförmige Kette der Stunden. In dem gräflichen Schauspiel vor ihrem Fenster trat eine dritte Person auf. Der junge Graf war über die Feiertage nach Hause gekommen.

Auch von ihm wusste Laura mancherlei durch die Klageseufzer seiner Mutter. Er war Bankbeamter in einer kleinen Stadt im Reich und der beste Sohn der Welt. Er schämte sich arm zu sein und wollte nie Graf genannt werden, aber er war ein Graf vom Scheitel bis zur Sohle.

Laura sah ihn sich vom Scheitel bis zur Sohle an und fand, dass er wirklich ein vornehmer Mann zu sein schien. Sie verglich das gescheitelte hellgelbe Haar, das feine Gesicht, die schmale Nase und die schlanke Gestalt mit Herrn Bombachs dicker, kurzer Figur, mit seinem runden und kahlen Kopf. Ihn würde niemand für einen Grafen halten, und wenn er sich eine Krone auf den Kopf leimen ließe.

Laura beobachtete den Grafen, wie er freundlich mit der Mutter sprach, deren Gesicht in diesen Tagen nicht so kummervoll in die Länge gezogen war als sonst. Sie hätte gern gehört, was gesprochen wurde. –

Graf Egon sagte seufzend zu seiner Mutter: »Die vielen Fensteraugen, die einen anstarren. Man vergisst ganz, dass es auch einen Himmel mit Zubehör gibt.«

Und während er noch den Himmel suchte, sah er unvermutet in Lauras blanke Augen, die wieder eifrig ihres unterhaltenden Amtes walteten. Erschrocken wandte sie sich jetzt ab, und der Graf sah lange nichts anderes als ein Stück nussbrauner Zöpfe über einer hellen Wange und einem rosigen Ohr.

Aber Geduld belohnt sich, und Neugier macht Mut.

Nach einer Weile kamen die klaren blauen Augen unter den dunklen Wimpern wieder zum Vorschein.

Ein Vorgang, der sich nun häufig wiederholte, wenn der Graf und Laura hinter ihren Fenstern saßen. Er lesend und sie nähend.

»Wer ist eigentlich die junge Dame, die bei Bombachs zum Besuch ist?«, fragte der Graf einmal bei Tisch seine Mutter.

»Das ist keine Dame«, antwortete sie. »Es ist das Kindermädchen, die Tochter der Portiersleute.«

Gedanken können Sprünge machen.

Die Gräfin stieß einen langen Seufzer aus und sagte, dass die Portiersleute unten im Keller tausendmal sorgloser lebten als sie hier oben. Und damit war diese Unterhaltung erledigt. –

So zog für alle das Weihnachtsfest auf.

Laura hatte erst der Bombachschen Feier mit dem großen Baum und dem kleinen Säugling beigewohnt und saß jetzt unten im Keller bei der kleinen Tanne und den Eltern.

»Du hast's gut«, sagte die Mutter. »Du hast zwei Weihnachtsbäume.«

Laura sah lächelnd auf die flackernden Kerzen und dachte, dass sie eigentlich Weihnachten mit drei Festtannen feiere.

Denn sie hatte sich auch an dem kleinen Baum der Grafenfamilie erfreut. Der junge Graf hatte die Lichter angezündet. Sein Gesicht trug einen wunderbaren Ausdruck dabei. Aber dann hatte der Zappelgraf die Gardinen zugezogen. Alles war dunkel geworden, und der Hof schien wie ein tiefer Abgrund, der sie von drüben trennte.

Es klopfte an die Scheiben, und Laura fuhr aus ihrem Sinnen auf. Kempkes kamen, um Weihnachten feiern zu helfen, wie jedes Jahr.

»Das ist ein verteufelt kaltes Wetter«, sagte der Schenkwirt und rieb sich die dicken, roten Hände, deren Finger immer schon gekrümmt waren, um Schnapsgläschen zureichen zu können.

Er setzte sich neben Hempel, bot ihm eine Zigarre an, und bald waren beide im Gespräch über Spiritus und Stiefel.

Frau Kempke bewunderte die Morgenschuhe, die Laura dem Vater reich mit Rosen bestickt hatte, und legte das schöne Wolltuch, das sie der Mutter gehäkelt hatte, probeweise um die Schultern.

»Ja, solch ein Töchterchen«, sagte sie.

Frau Hempel bemerkte mit wenig Vergnügen, dass Fritz bei Laura stand. Er trug einen schwarzen Feiertagsanzug, aus dem eine tütenblaue Seidenkrawatte leuchtete. Aus dem Ärmel blendeten weiße Manschetten, die er bis auf die Fingerknöchel hinausgezogen hatte. Er erzählte Laura, dass er sich selbständig machen wollte, um ein kleines Wirtshaus zu eröffnen.

»Zum blauen Mädchenauge« sollte es heißen.

Laura dachte, dass er auch mit Manschetten keine Spur von einem Grafen an sich habe, und wendete ihre Blicke wieder dem lichten Tannenbaum zu.

Als der Punsch gebraut war, den Kempkes mitgebracht hatten, klopfte es an die Tür. Es war die Köchin von Bankdirektors. Sie stellte eine Schüssel mit Bratenresten und einen Teller voll Süßigkeiten auf den Tisch und rief:

»Kinder, ich musste noch zu euch kommen. Denkt euch, sie haben ihr ihn unter den Weihnachtsbaum gelegt.«

»Wen denn? Was denn?«, rief man durcheinander.

»Na, den Leutnant, unserm Fräuleinchen. Als sie zur Bescherung hereinkam, stand er in Galauniform unter dem Weihnachtsbaum und salutierte. Nun haben wir eine Braut im Haus, und jede von uns hat zwanzig Mark Trinkgeld bekommen.«

Bei den letzteren Worten ging ein Raunen durch die Anwesenden.

Die Köchin machte es sich gemütlich und ließ sich gern ein Glas Punsch einschenken. Sie war freundlicher zu Fritz Kempke als Laura. Sie war in dem Alter, wo die Mädchen den Wert eines Mannes, der weder verheiratet noch besonders verunstaltet ist, zu schätzen wissen.

Als der Zeiger auf Mitternacht rückte, musste Laura gehen, denn länger reichte ihr Urlaub nicht. Die anderen blieben noch zusammen. Der Vater begleitete sie die beiden Treppen hinauf, und ehe sie in die Tür ging, sagte er wieder einmal:

»Gut, dass wir dich unter demselben Dach haben.«

Sobald Laura in ihrem Zimmer war, ging sie ans Fenster und versuchte, durch die Scheiben zu spähen.

Dunkelheit presste sich gegen das Haus, und nichts war zu unterscheiden.

Nachdem sie den Säugling neu gebettet hatte, übersah sie noch einmal die Sachen, die sie heute erhalten hatte. Auf dem Kalender war ein wunderhübsches Bild. Ein alter Mönch spielte Geige, und zwei reizende kleine Engelchen sahen ihm heimlich zu und belauschten ihn. Sie stellte den Kalender ans Fenster, so dass die Seite mit dem Bild zum Hof hinausguckte. Vielleicht hatten auch andere Leute im Haus Freude, wenn sie am anderen Morgen das Bild bemerkten.

Dann ging sie schlafen.

Aber als der Morgen kam, waren die Scheiben fest zugefroren, und wie weiße Mauern schlossen sie die Außenwelt ab.

Als sie wieder auftauten und durchsichtig wurden, war man schon im neuen Jahr. Dort unten saß die Gräfin allein am Fenster, ihr Gesicht war wieder tief gekränkt, und ihr Zopf blieb bis mittags in der Schublade.

Das Leben hat viele Gesichter.

Wenn es nun hinter den Scheiben wenig für Lauras Wissbegier zu sehen gab, sollte sie dafür in ihrer nächsten Umgebung wunderliches genug erfahren. Manche Leute sagen, dass spätes Glück närrisch macht, und andere wieder behaupten, dass es verjünge. Eine von diesen Künsten hatte es bei Frau Bombach angewandt. Sie hatte sich vollständig verändert. Das früher glatt gescheitelte Haar wellte sich nach der neuesten Tagesmode, ihre Kleider, die sonst unauffällig gewesen waren wie die einer Krankenschwester, waren hell und flott und eng geschnitten.

Dem Klavier, das längst nichts anderes mehr sein wollte als ein stummes und sauber gehaltenes Möbel, wurde von Fachleuten die Stimme zurückgegeben. Frau Bombach holte die Noten ihrer Mädchenjahre hervor und übte so fleißig, dass die Flurnachbarn sofort ihre Wohnung kündigten.

Auf Herrn Bombachs beunruhigte Einwendungen erwiderte sie, dass Musik das Gemüt erheitere, dass Musik für ein Kind notwendig sei. Und sie schwenkte sich auf dem hohen Stiefelabsatz so rasch einmal um sich selbst herum, dass Herr Bombach entsetzt zurückprallte.

Herr Bombach begann spazieren zu gehen. Jedesmal wenn er zurückkehrte und die Tür seines stillen Heims aufschließen wollte, glaubte er sich verirrt zu haben. Das Duett

von Kindergeschrei und Klavierspiel quoll ihm schrecken-
erregend entgegen.

Immer ausgedehnter wurden seine Spaziergänge. Was sollte er auch zu Haus? Seine Frau kümmerte sich nicht mehr um
ihn. Für sie gab es nur einen eben geborenen Bombach.

Gewiss, er liebte auch seinen Jungen. Er war zufrieden,
dass er da war und sein schönes Geld nun nicht in fremde
Hände kommen würde. Aber welche Opfer forderte diese
Freude.

Herr Bombach rechnete aus, wie lange es dauern würde,
bis der geliebte Junge erwachsen sein könnte und seine eigenen Wege gehen müsse. Aber wenn man fünfzig ist, machen
solche Rechenaufgaben auch kein Vergnügen. Er wurde ge-
reizter von Tag zu Tag.

Bis es wirklich zu einem ernsten Zerwürfnis kam.

Eines Morgens hatte er Minchens heiteres Klavierspiel
unterbrochen und ihr vorgeworfen, dass sie ihn nicht mehr
liebe und nur noch an den Jungen denke. Sie war aufgestanden, hatte die neueste Fotografie von Hans Friedrich zur
Hand genommen und, während sie diese eingehend betrachtete, achselzuckend gesagt, dass sie nicht den ganzen Tag an
ihn denken könne. Dass das übertrieben wäre.

Von diesem Augenblick an sprach Herr Bombach nicht
mehr mit seiner Frau. Wenn er ihr etwas zu sagen hatte,
benutzte er Laura als Telefon. Dieser Fernsprecher besaß
die Vorzüge, dass er keine besonderen Gebühren kostete
und dass man sich beim Sprechen sehen konnte, so dass die
Augen mitreden durften.

Laura vermittelte ruhig und gehorsam den Anschluss,
sobald sie angerufen wurde.

Es ist immer schön, wenn man etwas Neues zulernt. Aber
wenn Laura für einige Stunden ausgeschaltet wurde, hatte sie
nichts dagegen. Auf den freien Sonntagnachmittag freute sie
sich die ganze Woche.

Der Sonntag, der diesen Tagen folgte, brachte die erste Ahnung vom Frühling. Bei jedem Atemzug, mit dem man die herbe, durchsonnte Luft einzog, spürte man's, dass der Winter zu Ende ging.

Laura saß mit den Eltern neben der Haustür am Saum der Straße. Vor ihnen rollte ein langer Film mit Menschen, Wagen und Bahnen endlos und lebendig vorüber. Der Lärm von zahllosen Rädern und Tausenden gleichzeitig gesprochenen Worten gab die Musik dazu.

Auf dieses Schauspiel waren Hempels Abonnenten. Sie sahen ihm zu durch Jahre und Jahreszeiten.

Die Pfeife im Mund, beobachtete Hempel ruhig das bunte Gewühl. Bemerkte dann und wann einen gut gearbeiteten Schuh im Gedränge und ärgerte sich über jeden abgetretenen Absatz unter einem eleganten Rock.

Frau Hempel war nicht so ruhig. Sie fand Laura blass und weniger fröhlich. Der Dienst bei Bombachs schien ihr nicht zu bekommen. Sie musste fort von dort. Aber wohin? Um welche Ecke würde endlich das Glück kommen, auf das sie für Laura wartete?

Oft kam eine Wolke Blütenstaub aus irgendeinem vorüberrauschenden Seidenkleid. Laura sog den Duft ein, sah die bunten Blumen auf den Hüten der geputzten Frauen und Mädchen und wurde traurig. Sie sehnte sich nach grünen Wiesen voll kleiner Blumen, wünschte sich in einen Kahn auf einem stillen See.

Der Graf und die Gräfin kamen aus dem Haus. Sie grüßten und schritten dann aufrecht Arm in Arm davon. Ihre Sonntagskleider sahen von weitem noch sehr elegant aus.

Laura überlegte, wo der junge Graf wohl jetzt sein möge. Zugleich fiel ihr auf, wie viele hübsch geputzte Mädchen vorüberkamen. Und alle verschieden. Sie seufzte.

Herr Bombach kam zur Tür heraus, und Laura stand auf und verbeugte sich. Der Hausherr blieb stehen, als er sein

Telefon lebendig und preiswert vor sich sah, und sagte, dass, wenn Laura wieder hinaufginge, sie seiner Frau bestellen solle, dass er nach dem Waldsee gefahren sei. Herr Bombach wusste, dass Minchen, die heute den ganzen Tag über Frühlingslieder spielte, für den Waldsee im Frühling schwärmte.

Jeder Stand hat sein Leid, aber auch seine Freude. Ein langes Zusammenleben schmiedet viele brauchbare Waffen für den täglichen Lebenskampf.

Jetzt fuhr ein Automobil vor, und bald kamen Herr und Frau Bankdirektor mit dem Brautpaar herunter. Sie waren alle nach der neuesten Mode gekleidet, stiegen scherzend ein und fuhren fort in den Frühling.

Sobald der Wagen um die Ecke gebogen war, kam die Köchin aus dem Haus, den Wohnungsschlüssel am Ringfinger hängend.

»Weg sind sie«, sagte sie. »Nun will ich auch mein bisschen Frühling schnappen.«

Über die Stufen des Schenkladens kam Fritz Kempke, und er begrüßte die jungen Damen mit tiefem Blick. Seit dem Weihnachtsabend hatte er manches Wort mit Bankdirektors Köchin gewechselt, aber zu seinem Ärger gefiel ihm Laura noch immer besser. Die Köchin war leider gar nicht als Verlockung geschaffen. Eher war sie ein Beweis dafür, dass sich die Natur häufig mit wenigem begnügt.

Doch wenn man ernste Absichten hat, darf es nicht allein auf Reiz und Üppigkeit ankommen.

Die Köchin blinzelte in die Sonne und sagte: »Wenn die Hochzeit mit dem Trinkgelderregen vorüber ist, gehe ich aufs Heiratsbüro und melde mich mit zehntausend Mark an.«

Zehntausend Mark sind eine nette Summe.

Als jetzt alle Augen hochflogen, weil ein Luftschiff wie eine große gelbe Raupe über die Dächer kroch, flüsterte Fritz der braunäugigen Köchin zu, dass er eine Wirtin für sein neues Gasthaus brauche, das »Zum braunen Mädchenauge« heißen werde. Dann verabschiedete er sich. Das Geschäft rief ihn zurück. Frühling macht Durst.

Das Mädchen sah ihm nach, bis er im Laden verschwunden war. Dann rückte sie näher an Frau Hempel heran und sagte, dass sie wichtiges mit ihr zu besprechen habe. Man suchte eine Zofe für den neuen Haushalt des jungen Fräuleins und hätte dabei auch an Laura gedacht. Der Lohn wäre groß, die Behandlung gut, und der Dienst angenehm und leicht.

Mit allen Farben ihrer kräftigen Köchinnenfantasie malte sie den schönen Posten aus, der Laura den allzu häufigen Blicken Fritz Kempkes entziehen würde.

Einfache Herzen, einfache Mittel. –

Geflüsterte Worte sprechen doppelt laut im Gedächtnis. Frau Hempel dachte an nichts anderes mehr. Sie sah Laura durch kostbare Räume aufs zierlichste gekleidet gehen. Sie sah auf einmal den Weg zum Glück gebahnt.

Aber den Mut, sich mit dem Hauswirt darüber auseinanderzusetzen, fand sie noch nicht.

Laura vermittelte weiter den Verkehr zwischen Herrn und Frau Bombach und wusste nicht, was sie sich wünschen sollte. Sie sagte sich, dass das Osterfest nahe war, wo gewiss wieder drei Personen bei dem Grafen zu beobachten sein würden und die Gräfin wieder heiterer ausschauen würde, und doch konnte sie sich plötzlich wieder mit aller Macht fortsehnen – nach fremden Straßen, in unbekannte Zimmer.

Unschlüssigkeit kuriert der Zufall gern mit derben Mitteln.

Es war um die Mittagsstunde. Herr Bombach hatte seiner Frau durch Laura gesagt, dass er den Klavierschlüssel zum Fenster hinauswerfen werde, wenn das mit dem Klavier verbundene Geräusch nicht bald aufhörte. Frau Minchen, die gerade in ein »Lied ohne Worte« versunken war, erschrak über diesen unerwarteten Text und fiel in Ohnmacht.

Dadurch hatte sie das Mitleid beider Mädchen erregt. Jetzt saßen sie in der Küche beim Mittagsbrot, und Laura machte sich Vorwürfe, dass sie Herrn Bombach bis jetzt für einen guten Menschen gehalten hatte.

Ida sagte, das hätte sie nie getan, denn gute Menschen hätten keine kahlen Köpfe.

Darüber musste Laura lachen, und Ida stimmte ein, weil Laura lachte und weil ihr der Kalbsbraten schmeckte.

So merkten sie nicht, dass Herr Bombach die Küche betrat.

Seit Hans Friedrich auf der Welt war, ging er auf Gummisohlen. Ahnungslos wiederholte Ida ihre Weltanschauung.

Man kann auch an einem kahlen Kopf ein Haar finden.

Herr Bombach geriet außer sich vor Wut. Der ganze Ärger, der sich seit Wochen bei ihm angesammelt hatte, explodierte. Er jagte die Mädchen zum Haus hinaus.

Laura flüchtete zu den Eltern. Ida suchte ein Stockwerk tiefer Zuflucht bei Bankdirektors Köchin.

Des einen Unglück ist des anderen Freude. Die Köchin war recht zufrieden mit diesem Vorgang voll Ungewöhnlichkeit und Erregung. Sie sah Laura schon weit entfernt von hier, sich aber in der Tür »Zum braunen Mädchenauge«.

Glück macht freigebig. Sie lief zu Frau Bankdirektor hinein und pries die Vorzüge Idas so lange, bis sie die Köchinnenstelle in des jungen Fräuleins neuem Haushalt erhielt. –

Unten bei Hempels war man nicht wenig erschrocken, als Laura hereingeweint kam. Aber als Frau Hempel alles erfahren hatte, sagte sie, dass sie sich nur darüber freue und dass es so gekommen war, weil es so hatte kommen müssen.

In Wahrheit war ihre Freude nicht so groß. Sie sagte sich, dass nun auch ihre Stellung gefährdet sei.

Diese Befürchtung war nicht falsch. Herr Bombach hatte die Absicht, der ganzen Familie Hempel den Laufpass zu geben. Aber der Trieb der Selbsterhaltung sollte ihn daran hindern.

Es war nicht leicht, zwei neue Dienstboten zu bekommen.

Herr und Frau Bombach mussten allein wirtschaften.

Not lehrt beten, somit auch sprechen. Da Laura nicht mehr da war, blieb Herrn Bombach nichts anderes übrig, als seine Worte wieder direkt an seine Ehegenossin zu richten.

Dabei bemerkte er, dass er Minchen noch immer liebte. Auch war das Klavierspiel verstummt, weil die Zeit dazu fehlte. Je weiter sich der Frühling fühlbar machte, je mehr musste Herr Bombach Minchen recht geben. Sie waren noch keine Großeltern. Sollte das Kind vor ihnen erschrecken? Er bestellte sich einen hellgrauen Frühlingsanzug, kaufte sich Bartbinden, Bartbürsten, angenehmes Parfüm und mit raschem Entschluss auch eine tadellos gearbeitete Täuschung für die kahle Stelle seines Kopfes.

Vaterschaft ist die Quelle vieler Pflichten und Ausgaben. »Es bleibt nichts anderes übrig, wir müssen Frau Hempel bitten, uns zu helfen«, sagte Frau Bombach.

Und weil Herr Bombach wieder glücklich war, denn Minchen hatte gerührt über den neuen Scheitel gestrichen und richtig verstanden, dass es eine Huldigung für sie sein sollte, versprach er, Frau Hempel zu holen. Vielleicht auch Laura.

Frau Hempel zuckte mit keiner Miene, als Herr Bombach vor ihr stand. Sie versprach von Herzen gern zu kommen, zu helfen und alles zu tun, soweit es ihre eigene Person anginge. Laura wäre leider inzwischen vergeben. Sie hätte eine andere Stelle angenommen.

Bei diesen Worten band sich Frau Hempel schon eine frische Schürze um. Sie wollte sofort hinaufkommen, um ihre alten Kräfte neu zu bewähren.

Furcht und Hoffnung treiben das Leben. Laura musste wahr machen, was Frau Hempels Geistesgegenwart Herrn Bombach vorgegeben hatte.

Heute Nachmittag sollte sie das elterliche Haus verlassen, um in die Wohnung des jungen Paares überzusiedeln. Am

Abend kehrten die Neuvermählten zurück. Aus Italien oder von sonst irgendwo her, wo es schön war und arme Leute nicht hinkommen.

Laura saß neben dem hämmernden Vater und nähte sich kleidsame Niedlichkeiten für den neuen Posten. Frau Hempel half treulich bei Bombachs. Aber diesmal spürte auch ihr kräftiger Körper den Frühling.

Als sie den Balkon in Ordnung brachte und die Blumentöpfe aus dem Keller zu Licht und Sonne heraufholte, dachte sie lebhafter als je an ihren heimlichen Zukunftstraum. Das war eine Wohnung, still und klein, aber mit großen Fenstern, durch die Licht und Helle hineinkommen konnten, so viel sie wollten. Da säße man ruhig hinter den Scheiben, besah sich die Straße und dachte dabei an Laura, die eine feine Dame geworden war.

Doch bis dahin wird sich der Hausschlüssel noch manches Mal im Schloss drehen müssen. Nachdenklich reihte sie die kahlen Töpfe auf den Rand des Balkons.

Warten ist eine schwere Kunst.

Bei besonderen Gelegenheiten nahm Frau Hempel der künftigen Wohlhabenheit schon etwas vorweg. Dann verirrte sich eine Bratgans auf ihren Herd, oder ein Bündel Spargel, oder sie schaffte irgendein feines Kleidungsstück an, das in Seidenpapier gewickelt hinter den Vorhang kam.

Lauras Auszug aus dem elterlichen Heim war wieder ein Anlass zu solcherlei Ausschweifungen. Ein feines Lederköfferchen war besorgt worden, und die Abfahrt sollte im Automobil vor sich gehen.

Hempel fragte, ob ihre Stiefel nicht mehr gut genug zum Laufen wären. Aber Frau Hempel sagte:

»Wie man fährt, kommt man an. Das Mädchen soll seinen Weg machen.«

Als das Automobil herangetöfft war und der Kutscher den Koffer der jungen Dame holte, stand Frau Hempel in einem seidenen Umhang und mit einem grünen Samthut, der mit großen gelben Rosen verziert war, so unbeweglich da, als ob sie niemals im Leben gewohnt gewesen wäre, eine Hand zu rühren.

Gerade in der Tür, stieß der feine Lederkoffer mit einem gewöhnlichen Kollegen aus Segeltuch zusammen. Der junge Mann, der ihn trug, entschuldigte sich vielmals. Es war der Graf, der zu den Ferien heimkam. Erst als er tief gegrüßt hatte, erkannte er in den Damen die ihm bekannten Mitglieder der Portierfamilie.

Laura war über und über errötet. Ihre Gedanken blieben bei dem kleinen Vorgang, und sie hatte nicht die rechte Freude an dem flinken Sauselauf des Wagens. Frau Hempel lehnte sich weit zurück gegen das glänzende Leder und genoss die kostbare Fahrt mit Andacht.

Wie alles Gute ging sie rasch vorbei. In einer Straße des neuen westlichen Stadtteils hielt der Wagen vor einem großen Haus, das sich Frau Hempel bewundernd von oben bis unten ansah, bevor sie es betrat. Den Eingang bildeten hohe Marmorsäulen, als ginge es in eine Kirche hinein. Das erste Stockwerk mit der Galerie sah aus wie ein vornehmes Schweizerhaus. Die anderen Wohnungen darüber hatten große Glasfenster zwischen glatter Mauer und erinnerten an ein schönes Warenhaus. Oben auf dem Dach aber waren noch lustige bunte Türme, wie auf einem Vergnügungsrestaurant. Es war ein wunderschönes Haus.

Schweigend glitten Mutter und Tochter im Fahrstuhl hinauf.

Ida öffnete ihnen die Wohnungstür, und als sie den bekannten braunen Krauskopf des Mädchens über der derben roten Wollbluse sahen, die sie von Frau Bombach zu Weihnachten bekommen hatte, verlor sich die unsichere Befangenheit, und sie begannen sich heimischer zu fühlen. Frau Hempel untersuchte alles mit neugieriger Kennermiene. Die Küche war ein

Prachtstück. Der Herd stand in der Mitte, wie in einer Hotelküche. An den Wänden blinkten blanke Löffel, blanke Teller, blanke Deckel, bunt bemalte Töpfe, kupferne Geräte in allen Formen. Aus blanken Hähnen kam kaltes und warmes Wasser, so viel man haben wollte. Neben der Tür hing ein Telefon, das ging ins Speisezimmer, wovon die gnädige Frau ihre Befehle elektrisch geben konnte. Frau Hempel bemerkte noch ein anderes Sprachrohr, in das sie neugierig hineingucken wollte, aber sie prallte entsetzt zurück.

Ida erklärte ihr lachend, dass dies eine Rutschbahn für den Müll sei, der ganz allein und rasch auf den Hof sauste. Und hier war auch eine Maschine, die das Gemüse klein hackte.

Frau Hempel schüttelte den Kopf und sagte, wovon die Armen leben sollten, wenn sich alle Arbeiten allein machten, und begann durch die Zimmer zu gehen.

Als sie alles gesehen und geprüft hatte, musste sie schließlich die Wohnung und Laura verlassen. Aber ihre Gedanken blieben noch dort, und sie folgte ihnen wieder und wieder, als sie nun heimfuhr in der voll besetzten Straßenbahn, wo niemand ahnte, auf wie vornehme Weise sie den Hinweg zurückgelegt hatte.

Als sie nach Hause kam und sofort mit dem Erzählen beginnen wollte, sagte Hempel, dass bei Bombachs etwas nicht in Ordnung sein müsse. Der Hauswirt sei ohne Mantel aus der Tür gestürzt und eben mit dem Arzt von gegenüber zurückgekommen.

Frau Hempel war schon draußen und auf dem Weg zur Treppe.

Oben öffnete Herr Bombach selbst. Sein Gesicht war weiß wie gutes Mehl. Er schob Frau Hempel schweigend in die Küche und flüsterte: »Der Junge hat einem Chauffeur den Kopf abgebissen. Gott steh uns bei.«

Frau Hempel stierte sprachlos auf die neuen Haare des Hausherrn, die sie zum erstenmal sah.

»Gott steh uns bei«, murmelte Herr Bombach wieder. »Ich wag' mich nicht hinein.«

Frau Hempel wurde es unheimlich. War es auch drinnen in seinem Kopf nicht mehr richtig?

Drohend vor Angst rief sie:

»Sagen Sie doch deutlich, was geschehen ist.«

Aber es dauerte noch eine Weile, ehe sie erfuhr, dass Herr Bombach ein kleines Auto aus Holz mitgebracht hatte, an dessen Chauffeur Hans Friedrich so grausam dem natürlichsten Triebe des Menschen nachgegeben hatte.

Endlich kam der Doktor aus dem Zimmer, um fortzugehen. Er lächelte Herrn Bombach, der wie ein Raubtier auf ihn zustürzte, zähmend an.

»Es ist nichts«, sagte er freundlich. »Seien Sie unbesorgt, mein Herr. Ihre Frau Gemahlin durchsuchte mit mir das Zimmer, und wir fanden das vermisste Köpfchen unter einem Sessel. Es wäre auch anders nicht denkbar gewesen.«

Er meckerte ein Lachen, stülpte den Hut auf und eilte die Treppen hinunter.

Das war ein inhaltsreicher Tag für Frau Hempel gewesen.

Als sie endlich am späten Abend herunterklapperte und die Haustüren verriegelt hatte, war sie kaum noch imstande, an Hempel den gewohnten Anteil ihrer Erlebnisse weiterzugeben.

Aber es musste sein. Diese vielen Neuigkeiten hätten sie des Nachts gedrückt wie ein Stück Käse, das man zu hastig gegessen hat.

So erfuhr Hempel doch noch einige Einzelheiten der schönen Wohnung, die Geschichte vom Chauffeurkopf und vor allen Dingen das Dasein der neuen Haare auf dem alten Kopf des Hauswirts.

Sie fragte, ob Hempel glaube, dass sie durch eine teure Medizin wieder hervorgewachsen wären.

Aber Hempel sagte, dass nichts wieder neu würde, was

einmal abgenutzt sei. Höchstens könne man einen guten Flicken draufsetzen. –

Sie löschten die Lampe aus, gingen zur Ruh, dachten an Laura, die zum erstenmal unter einem fremden Dach schlief, und fielen in den festen Schlaf der Arbeitsamen und Gerechten.

In der neuen unberührten Wohnung war alles für den festlichen Empfang des jungen Paares vorbereitet worden. Ida briet zwei junge Täubchen, Frau Bankdirektor hatte sie als sinniges Symbol für die erste Mahlzeit vorgeschlagen. Neben den Täubchen kochte Sauerkraut, das Lieblingsgericht des jungen Hausherrn.

In dem großen getäfelten Speisezimmer hatte Laura einen zierlichen Abendtisch gedeckt. Mit Behagen berührte sie all die neuen glitzernden Sachen. Teller und Gläser, Silber und Leinen blitzten um die Wette. Zwischen ihnen leuchteten dunkle Rosen in einem Kristallglas.

Endlich fuhr das Automobil vor. Der Herr half der jungen Frau aus dem Wagen, und sie ging schnell ins Haus hinein. Laura lief zur Tür, um sie zu empfangen.

»Kleine Laura, da stehen Sie in der Tür, als käme ich nach Hause wie früher«, sagte die junge Frau leise.

»Schön ist es hier, gnädige Frau«, antwortete Laura und nahm ihr sanft den Mantel von den Schultern.

Jetzt kam der Fahrstuhl hochgesurrt und brachte den Hausherrn.

»Bist du zu Fuß gegangen?«, fragte er die junge Frau. Sie nickte.

»Jedes Tierchen hat sein Pläsierchen«, erwiderte er und bürstete sich vor dem großen Spiegel den schmalen blonden Schnurrbart.

Das Abendbrot verlief sehr still. Als Laura die Speisen

reichte, fürchtete sie, man könnte ihr Herz klopfen hören. Von den gebratenen Täubchen sagte der Leutnant, dass der liebe Herrgott sie leider allzu verschwenderisch mit Knochen ausgestattet habe und er deshalb das Sauerkraut vorzöge.

Die junge Frau zog sich bald zurück. Sie war müde von der langen Reise.

Der Herr ließ sich eine Flasche Kognak öffnen, holte sich die Zeitung und blieb noch lange am Tisch sitzen. Der Duft von guten Zigarren durchzog die neuen Räume, die nun zum Leben erwachten.

Es kamen noch einige verlegene Tage ohne Zeiteinteilung und festes Gefühl. Aber schließlich kam der neue Haushalt auf Räder und rollte im Gleichmaß der Selbstverständlichkeit vorwärts.

Der Hausherr ging frühmorgens zum Dienst. Die gnädige Frau frühstückte im Bett. Wenn sie aufgestanden war, fuhr sie nach dem Tennisplatz oder in die Stadt hinein, um Einkäufe zu machen. Laura musste die gnädige Frau häufig begleiten. Sie lernte mit Verwunderung, dass die Leute, die gar nichts zu tun haben, am wenigsten freie Zeit übrig hatten.

Um neun Uhr morgens kam Fräulein Hammerspecht angeeilt, um die gnädige Frau zu frisieren. Sie war für Laura keine Fremde, denn sie frisierte auch in Herrn Bombachs Haus und hatte stets ein Plauderviertelstündchen übrig gehabt. Wenn sie auf Frau Leutnant warten musste, gab sie Laura stets den Rat, Friseurin zu werden. Sie sagte:

»Man kommt hinaus, man kommt herum, sieht dies, hört jenes und verdient sein Geld ohne Langeweile.« Und sie pries die Sauberkeit ihres Berufes zumal jetzt, wo man fast nur mit falschen Haaren zu tun habe, die chemisch gereinigt und präpariert sind und nachts in reinlichen Kästen liegen. Während sie so sprach, zupfte sie an den gelben Stirnlöckchen, die sie zum Engrospreis bekommen hatte, und lächelte sich an. Man sieht immer gern jemanden, der mit seinem Beruf zufrieden ist.

Wenn Fräulein Hammerspecht Laura gegenüber stets dasselbe Thema in Schwung brachte, hatte sie für die gnädige Frau immer eine Neuigkeit. Sie schwatzte ebenso gern, wie sie kämmte, und was man gern tut, gelingt auch. Sie verstand meisterlich den Stich einer ungeschickten Haarnadel durch eine kleine Stichelei auf eine gute Bekannte wieder wettzumachen.

Die gnädige Frau hörte ihr lachend zu, bis die Ungeduld kam und sie ihr zurief, dass sie sich beeilen solle, weil das Tennisspiel warte.

»Schon fertig«, antwortete Fräulein Hammerspecht. Sie machte mit der Brennschere einen Strich durch die Luft, packte ihre Sachen zusammen und eilte davon, um ihrer nächsten Kundin den Kopf zurechtzusetzen. –

Auf dem Tennisplatz gab die gnädige Frau, ehe das Spiel begann, alle Schmucksachen an Laura zum Aufbewahren ab. Den blanken Ehereif, ein paar Diamantenringe und ein goldenes Kettchen. Mit ihnen auf dem Schoß saß Laura am Rand des Platzes und stickte an einem Leinenstreifen. Sie sah nicht häufig auf, denn es war ihr recht schamvoll, die gnädige Frau wie ein durchgegangenes Pferd einem Ball nachrasen zu sehen, den sie doch mit wilder Wut zurückschleuderte, wenn sie ihn endlich erwischt hatte.

Eines Tages kam die gnädige Frau auf den Gedanken, dass auch Laura das Spiel erlernen sollte, denn sie wollte jemanden haben, mit dem sie nach Belieben üben könnte.

Laura wagte sich anfangs kaum zu rühren, aber als sie doch ins Laufen und Jagen gekommen war, zeigte sich nicht nur die biegsame Geschicklichkeit ihrer siebzehn Jahre, sondern auch ihr leichter Mut. Das Blut brauste durch ihren Körper, und eine herrliche Freude durchströmte sie. Sie lachte und jubelte, wenn es ihr gelang, einen Ball zurückzuschlagen, und sie zeigte sich von Augenblick zu Augenblick geschickter. Als sie sich nach beendetem Spiel die wild flatternden Haare in Ordnung brachte, sagte sie, noch heftig atmend:

»Es ist vieles gar nicht so dumm, wie es aussieht.«

Am Nachmittag spürte sie die Müdigkeit der ungewohnten Anstrengung. Sie begriff jetzt, dass Damen nach dem Essen schlafen mussten.

Denn auch am Nachmittag gab es kein Ausruhen. Wenn kein Besuch kam, wurden Besuche gemacht. Ruhige Stunden fanden sich nicht. Kaum stille Augenblicke, denn Telefon und Klingel schrillten von früh bis spät.

Wenn der Tag seinem Ende zueilte und die Stunde kam, wo das Licht im Treppenhaus angedreht werden musste und Frau Hempel zu sagen pflegte: »Für heute haben wir bald Frieden«, kehrte der Herr Leutnant heim, müde und mürrisch.

Er tadelte alles, schrie Ida und den Burschen an und sprach auch zu der jungen Frau wie zu einem Bedienten.

Wenn die Herrschaften in Gesellschaft gingen, gab es immer irgendeine große Erregung, weil sie müde und abgespannt vom Tage waren und sich nun putzen mussten, als sei es Morgen. Herr Leutnant schalt, und die gnädige Frau weinte, während Laura das kostbare Kleid schloss und die blinkende Kette, das Brautgeschenk der Eltern, um ihren Hals legte. Aber dann tauchte sie das Gesicht in duftenden Blütenessig, knöpfte ruhig die langen Handschuhe zu, und wenn sie in dem hellen Seidenmantel neben dem Herrn Leutnant, der in voller Uniform sehr schneidig aussah, zum Haus hinaus auf den Wagen zuschritt, lächelte sie. Laura, die die Schleppe der jungen Frau hielt, bemerkte, wie die Portierleute und mancher, der gerade vorüberging, neidisch dem jungen Paare nachblickte.

Sie aber wusste, dass die Reichen lange nicht so reich sind, wie die Armen glauben.

Der frühe Morgen war Lauras schönste Stunde. Dann war sie Herrin in den stillen Vorderräumen der vornehmen Wohnung. Lächelnd zog sie die schweren Vorhänge beiseite, um die Frühsonne des Mai hineinzulassen. Draußen war alles ruhig. Die feine Straße schlief noch. Nur einzelne Schritte klappten eilig über das Pflaster.

Mit Sorgfalt nahm Laura den Staub von den schönen neuen Möbeln, während ihre Gedanken sie weit hinaus auf Reisen trugen. Wenn das Tuch über das Mahagoniholz fuhr, sauste Laura in einem rot lackierten Automobil an grünen Feldern vorbei. Wenn der Lederlappen über das klare Spiegelglas segelte, zog sie auf einem gewaltigen Dampfer, mit Musik an Bord, über das glatte Wasser eines großen Sees.

Ein scharfes Klingelzeichen riss sie meist in die Wirklichkeit zurück. Die gnädige Frau wünschte Frühstück an das Bett und warmes Wasser und dieses und jenes. Und nun dachte Laura an den Sonntag, wo sie frei sein würde und wieder einmal bei den Eltern sitzen könnte, auf dem Platz an der Straße.

Aber es war schon Ende Mai geworden, bis es wirklich dazu kommen sollte. Lauras Freude war groß. Sie wusch und plättete sich die neue Spitzenkrause und garnierte sich den feinen Hut um, den ihr die gnädige Frau geschenkt hatte, weil er ihr selbst nicht mehr gefiel. Am Abend vorher aber, als die Herrschaften ausgefahren waren, unternahm sie etwas ganz Abenteuerliches. Sie bereitete in der Gesindebadestube ein Bad. Bis jetzt war diese Wanne noch unberührt geblieben. Ida badete nicht. Sie sah eine Gefahr darin, mitten im Alltagsleben so rein wie ein Engel zu sein. Es schien ihr wie eine übereilte Vorbereitung fürs Himmelreich. Sie war aus einem Bauernhaus, wo man zu Beginn des Winters die Fenster zunagelt und in den Frühlingsnächten die Küken mit ins Schlafzimmer nimmt.

Laura hatte in der Fantasie schon in weißen Marmorbecken zwischen Goldfischen und Seerosen gebadet, aber körperlich kannte sie nur ein einziges Badeverfahren, das von Kindheit an bis heute beibehalten worden war. Am Ende der Woche, wenn Frau Hempel im ganzen Hause die Treppen und Fenster gescheuert und geputzt hatte, stieg Laura in einen kleinen Holzzuber, worin gerade ihre feinen schmalen Füße Platz hatten. Die Mutter kam mit Eimer und Schwamm und seifte nun zum Schluss der sechs Arbeitstage mit kräftigen Händen ihr hübsches Mädchen sauber. Sie sagte lachend, dass sie jede Woche einige Zentimeter mehr zu seifen habe und dass es gut sei, dass nicht auch die Treppen jeden Tag ein Stück nachwüchsen.

Davon erzählte Laura jetzt, während sie zusammen mit Ida zusah, wie sich die hohe Wanne füllte. Sie ließen ein Thermometer darin schwimmen und Purzelbäume machen, wussten aber beide nicht, mit welcher Zahl das Bad fertig war.

»Was die Reichen alles im Kopf haben müssen«, sagte Ida.

»Wir stecken einfach die Hand ins Wasser und wissen auch, ob's zu heiß oder zu kalt ist.«

Laura verriegelte die Tür.

Als sie in die volle Wanne stieg, versteckte sie sich eilig unter das Wasser.

Es war ihr sehr peinlich, so unbekleidet in einem fremden Hause zu sitzen. Rasch stellte sie sich wieder auf, seifte sich ab, wie sie es von der Mutter her gewohnt war, und kleidete sich an.

Gewohnheit war stets die Feindin des Fortschritts. –

Der andere Morgen brachte einen Sonntag, sonnig und blau, und solange die Luft noch rein war, spürte man deutlich den Duft des Fliedermonats. Die Straßen im Mittelpunkt der Stadt wurden bald still und leer wie sonst nicht in der Nacht. Aber in den breiten Vorstadtstraßen, die hinaus ins Freie führten, zog ein ununterbrochener Zug von Wallfahrern zu

Fuß und zu Wagen ins Grüne. Wer nicht krank war oder eine wüste Nacht nachzuschlafen hatte, der ließ heute Stadt und Steine hinter sich. Die Botenjungen in den Straßen pfiffen, die Mädchen in den Küchen sangen: »Es war ein Sonntag hell und klar, ein wunderschöner Tag im Jahr«, und sie dachten an die Stunde, wo man frei sein würde und tanzen ging.

Auch Ida weihte einer getrüffelten Pute ein letztes Lied. Schon am frühen Vormittag sollte der Braten fertig sein. Die Herrschaften wollten weit hinaus fahren, wo die Gegend schön, aber das Wirtshaus schlecht war. Darum sollte die Pute noch nach ihrem Tode spazierenfahren. Aber beinahe hätte sich die Fahrt und damit für alle die Freude an dem wunderschönen Sonntag im letzten Augenblick zerschlagen, weil Herr Leutnant den violetten Sonnenschirm der gnädigen Frau mit dem Hinterteil eines Affen verglichen hatte. Frau Leutnant hatte lange und heftig über die Rohheit der Soldaten geweint, und Laura war in die Küche geschickt worden, um Ida das Singen zu verbieten. Aber schließlich waren sie doch davongefahren, und über ihrem Herde klang's von neuem: »Es war ein Sonntag hell und klar ...«

Ida ging bald davon. Sie wurde von ihrer Schwester erwartet, die mit dem Brauer verheiratet war. Man wollte ins Freie und hatte Ida dazu eingeladen, weil sie die beiden jüngsten Kinder auf dem Arm tragen sollte.

Zufrieden ging Ida fort. Gutmütigkeit ist eine unserer angenehmsten Dummheiten. Dagegen macht Gehorsam viel weniger Vergnügen. Laura musste bis über den Mittag hinaus warten, weil die Wohnung nicht allzu lange ohne Aufsicht sein sollte, denn auch den Burschen hatte man mit ins Feld genommen.

Es war still. Im Haus und in den Zimmern. Die Klingel und das Telefon ruhten. Man hörte das Summen der Fliegen. Zögernd zogen die sonnigen Stunden durch den warmen Sommertag. Laura wusch die weißen Handschuhe der gnä digen Frau, und dann stopfte sie Strümpfe, um das Loch der leeren Zeit auszufüllen.

Gegen Mittag klopfte es leise an die Küchentür. Es war ein Mädchen aus dem Gartenhaus, das sich mit Ida angefreundet hatte. Sie war enttäuscht, nur die feine Zofe vorzufinden, denn sie war mit einem Anliegen an Ida gekommen. Schließlich teilte sie sich auch Laura mit. Sie wollte gern ein nettes Hemd geborgt haben, weil sie sich heute verloben wollte. Laura willigte bereitwillig ein, eilte in ihr Zimmer und kam bald mit einem hübschen Wäschestück wieder. Sie sagte, wenn das Mädchen Zeit zu warten hätte, würde sie ihr ein rosa Seidenband durch die Stickerei ziehen.

Das Mädchen erklärte sich gern dazu bereit und setzte sich wartend auf einen Küchenstuhl. Sie bewunderte die blanke Küche, weil sie viel feiner war als die, in der sie selber zu kochen hatte. Dann erzählte sie, dass man bei ihr zu Haus noch mit Eimern das Wasser aus dem Brunnen holen müsse. Aber trotzdem gefiel es ihr nicht in der Stadt, wo die meisten Menschen es schlechter hätten als auf dem Lande das liebe Vieh.

Laura, die gern von Liebe reden hörte, lenkte das Gespräch ab und fragte, woher sie wisse, dass sie sich heute verloben werde.

»Ich wünsche es mir«, sagte das Mädchen. »Das Wetter ist schön, und wir kennen uns schon lange. Er ist nämlich auch aus meiner Heimat.«

Das Band war nun fertig eingenäht mit einem Schleifchen als Abschluss, und das Mädchen nahm das wunderschöne Kleidungsstück vorsichtig auf den Arm.

»Es brauchte schließlich nicht gerade der eine zu sein«, sagte sie und zupfte prüfend an dem Seidenschleifchen. »Es ist nur, weil ich den Menschen so fürchterlich gern habe.«

Dann ging sie nachdenklich zur Tür hinaus und vergaß, sich zu bedanken.

Endlich war auch die Zeit da, wo Laura das Haus verlassen durfte. Die schönsten Sonnenstunden waren vorüber. Die Schatten wurden schon länger. Laura fühlte nur das Wohlbehagen der sommerlich weichen Luft, die sie umfächelte. Heiter genoss sie die Sonne und die geputzten Menschen, während sie in dem ruhigen Tritt des Nichtstuers den nicht kurzen Weg zu ihrem elterlichen Hause zurücklegte.

Einige Straßenecken vor ihrem Ziel stand eine Blumenverkäuferin mit einer solchen Fülle duftender Maiglöckchen, dass Laura nicht vorübergehen konnte. Sie blieb stehen. Wenn sie gewusst hätte, dass die Mutter nicht über die Verschwendung schelten würde, hätte sie gern ein Sträußchen gekauft.

Von der anderen Seite der Straße näherte sich ein Herr den Blumen. Er zögerte und schien ebenfalls die unnütze Ausgabe zu überlegen. Laura errötete. Sie hatte ihn sofort erkannt. Es war der junge Graf aus dem Gartenhaus.

Rasch trat sie auf die Frau zu und bat um ein Sträußchen. Der Herr tat im gleichen Augenblick dasselbe, und erst jetzt, als sie nicht wussten, wer von ihnen zuerst das Sträußchen aus der rauen Hand der Händlerin nehmen sollte, erkannte er Laura. Er zog den Hut und sagte:

»Bitte sehr, mein Fräulein, nehmen Sie beide.« Er zahlte für zwei, obwohl es Laura durchaus nicht wollte und abwechselnd rot und blass vor Beschämung wurde.

»Sie haben's doch auch nicht dazu. Was wird Ihre Mutter sagen, wenn sie das erfährt«, sagte sie.

Der Graf lachte und sagte, dass er sie sich viel liebenswürdiger vorgestellt habe, als er sie am Fenster in der Wohnung des Hauswirts beobachtet hätte.

Laura sah erschreckt zu ihm auf und behielt gehorsam die Blumen, aber nach einer Weile sagte sie:

»Ich habe Sie nie am Fenster gesehen.«

Der Graf ging noch einige Schritte neben ihr. Aber als das

Bombachsche Haus in Sicht kam, verabschiedete er sich und sagte:

»Seien Sie nun den Blumen und mir nicht mehr böse. Auf Wiedersehen.«

Einen Augenblick später bog Laura in das elterliche Haus. Die Mutter stand im Flur und zog Laura erfreut in die Stube, wo es auch heute nur ein wenig hellgrau war.

Laura legte in großer Verlegenheit die Blumen auf den Tisch. Frau Hempel bemerkte sie sofort und rief:

»Sieh einer an. Unsere Prinzessin kauft sogar Blumen.«

Aber man sah ihr an, dass sie sich freute. Sie holte gleich ein leeres Senfglas, füllte es mit Wasser und stellte die weiß-grünen Glöckchen hinein, wobei sie ihren schönen Duft lobte. Auch der Vater musste seine rötliche, dicke Nase in das Glas stecken und sagte aufatmend, dass die Blumen beinahe so schön dufteten wie Juchtenleder.

Bald nachdem man Kaffee getrunken und Kuchen gegessen hatte, nahm man die Parkettplätze vor dem Hause ein. Frau Hempel wollte mit Laura prunken, die sie sich immerfort in heimlichem Entzücken ansah. Der feine Strohhut und die Spitzenkrause machten sie zum feinsten jungen Fräulein. Und sie hatte heute so glücklich glänzende Augen. Man sah es, dass sie es nicht schlecht hatte. Heiter blickte Mutter Hempel in das bunte Getriebe der vielen Menschen und Wagen, die mit Mühe und Anstrengung ihr Vergnügen suchten.

Laura sollte etwas erzählen. Aber sie lächelte und sagte, ihr fiele im Augenblick gar nichts ein.

»Ja«, sagte Frau Hempel und gähnte ein wenig. »Es geschieht doch jeden Tag etwas, aber am Ende der Woche hat man es vergessen.«

»Weil alle Tage auf einen Leisten gearbeitet sind, wie Fabrikstiefel«, sagte Hempel und saugte seine Pfeife in Brand.

»Das finde ich eigentlich nicht, Vater«, sagte Laura.

Nun fiel ihr auch etwas Erzählenswertes ein. Sie berichtete von dem Mädchen vom Lande, dem es hier gar nicht gefiel und das gesagt hatte, dass es die meisten Menschen hier in der Stadt schlechter hätten als das liebe Vieh. Aber sie hatte jemanden sehr lieb und war gekommen, sich ein Hemd zu borgen, weil sie sich verloben wollte.

»Das wirst du einmal nicht nötig haben«, sagte Frau Hempel und dachte an eine Kiste voll neu genähter Wäsche, die unter einem Stück altem Teppich verborgen war.

»Die Leute vom Land haben wenig Anstand«, sagte Hempel und schüttelte den Kopf.

Aus dem Gewühl der vielen, die den Bürgersteig füllten, hob sich jetzt Herrn Bombachs runder starker Kopf heraus, und bald bemerkte man, dass er neben einem Kinderwagen schritt, dessen andere Seite Frau Bombach bewachte. Den Wagen schob eine alte Frau mit gebeugtem Rücken, aber in der kleidsamen Tracht der Spreewälderin. Herr und Frau Bombach trugen helle Frühlingskleider, in denen sie jungen Leuten glichen, solange man sie nicht in der Nähe sah. Frau Hempel war aufgesprungen, um beim Hineintragen des Wagens behilflich zu sein. Aber Bombachs schritten an ihrem Hause vorüber, um Hans Friedrich noch einmal der ganzen Straße vorzuführen.

Frau Hempel setzte sich wieder und erzählte, dass Bombachs sehr zufrieden mit dieser Alten waren. Sie war über die Sechzig hinaus und nannte ihre Herrschaft oft »meine Kinderchen«, was Bombachs sehr nett fanden. Man sah ihnen an, wie jung sie sich in ihrer Nähe fühlten. Die Alte hatte die besten Zeugnisse und sah auf eine so lange Tätigkeit zurück, dass schon bärtige Männer ihr die Bestätigung ausstellen konnten, dass sie sie gut gesäugt und gewickelt hatte. Sie war nett und ehrlich, und auch Frau Hempel hatte nichts weiter an ihr auszusetzen, als dass sie ihr bei der polizeilichen Anmeldung unnötig viel Schererei gemacht hatte. Sie hieß Anna

Spieß, wollte aber nicht schlechtweg Anna gerufen werden und ebenso nicht Frau Spieß, denn sie war trotz ihrer sieben Kinder Fräulein geblieben. Sie wünschte »Amme« gerufen zu werden, wie sie es zeitlebens gewohnt gewesen war. So hatte der Hauswirt auch auf dem Anmeldeschein für die Polizei als Beruf Amme vermerkt. Der Wachtmeister hatte ihre weit zurückliegende Geburtsziffer mit dem Beruf verglichen und dann gesagt: »Da stimmt etwas nicht. Entweder an den Ziffern oder an der Person.« Frau Hempel hatte die Zettel wieder zurücktragen müssen.

Jetzt bogen Bombachs ins Haus hinein. Die Alte grinste ihren Schützling freundlich an. Laura sah deutlich, wo früher einmal alle ihre Zähne gesessen haben mussten. Aus dem Straßengedränge rief jemand einen schlechten Witz über die alte Amme herüber, aber sie lächelte weiter. In solchem Lärm hörte sie längst kein Wort mehr.

Nur wenn man in stiller Stube mit voller Stimme und in ausreichender Nähe mit ihr schrie, verstand sie noch alles.

Auch das war anzuerkennen. Man wird durchaus nicht immer besser verstanden, weil man schreit.

Als die Familie Bombach an Hempels vorüberkam, machte Laura einen tiefen Knicks. Es war die erste Begegnung nach dem kleinen Zwischenfall, wo Herr Bombach sie und Ida zu allen Teufeln gewünscht hatte. Aber jetzt schien niemand daran zu denken. Die Herrschaften lobten Lauras Aussehen, und das junge Mädchen half anstelle der Mutter den Kinderwagen herauftragen.

Als die Sterne und die Laternen angezündet wurden und auch das Haus mit Licht versehen werden musste, nahm man die Stühle hinein und beschloss damit den ersten Sommersonntag.

Dabei erinnerte sich Frau Hempel, dass das gräfliche Ehepaar heute gar nicht das Haus verlassen hatte, und sie erzählte Laura, dass die traurige Gräfin ihr geklagt hätte, dass sie eine reiche Schwiegermutter werden könnte, aber der junge Graf nichts davon wissen wollte.

Laura hatte still zugehört. Erst als sie nun der Mutter die schwere eichene Haustür, die weit offen gestanden hatte, schließen half, seufzte sie und sagte:

»Nun ist der schöne Tag wieder vorbei, als ob er gar nicht gewesen wäre.«

»Ja«, antwortete die Mutter. »Aber wir haben nun den ganzen Sommer vor uns. Einmal werden wir auch ins Grüne fahren. Warte nur ab.«

Dann aber riet sie Laura, nach Hause zu fahren, ehe es spät wurde. Sie konnten sie nicht begleiten, weil bei Konsuls Gesellschaft war, wo sie helfen sollte, und der Vater musste bei der Klingel und den Schlüsseln bleiben, denn sie wisse ja, wie sie in der Sonntagsnacht ein Nachzügler nach dem anderen aus dem Schlafe klingele.

So verabschiedete sich Laura, doch benutzte sie einen freien Augenblick, um aus dem Mostrichglas einige Maiglöckchen zu entwenden, die sie in dem Gürtel unter dem schützenden Jackett verbarg.

Nicht nur Gelegenheit macht Diebe.

Wieder in ihrem kleinen Stübchen, nahm sie die beiden Blumenstängel, zog noch einmal ihren Duft ein und legte sie dann zwischen die Seiten des einzigen Buches, das sie besaß. Es hieß »Aurora, die verratene Braut oder Das lebendige Herz unter dem Sargdeckel« und war ein Geschenk von Ida, die es in einzelnen Heften gesammelt hatte. Fast in jedem Heft lag jemand im offenen Sarg oder wenigstens auf dem Sterbebett. Durchbuchstabiert hatte es Ida nicht, weil sie am Tage nicht Zeit genug dazu hatte und es ihr am Abend zu gruselig war. Laura hatte es zu lesen begonnen, aber bald damit aufgehört, denn es war ihr zu traurig. Jetzt suchte sie lange nach zwei Seiten, wo nichts Betrübliches abgebildet war, und zwischen sie legte sie die welkenden Blumen schlafen. Sie erinnerte sich dabei deutlich der Worte: Nun seien Sie den Blumen und mir nicht böse. Sie lächelte darüber, weil sie ihm überhaupt niemals böse gewesen war. Lächelnd schlief sie ein. Das Fenster hatte sie zu schließen vergessen, und die weiche Luft der Sommernacht fächelte hinein und heraus.

Es gehört wenig dazu, die Wünsche eines Menschen zu ändern.

Als Frau Hempel am Montagmorgen aufstand, war der kleine dunkle Schlafraum von dem Duft der wenigen Maiglöckchen erfüllt, und als sie das Schloss in der Haustür nach links gedreht hatte und sah, dass auch dieser Montag wie ein warmer blauer Sonntag ausgefallen war, erinnerte sie sich plötzlich einer Wiese, auf der sie als Kind gesessen hatte, während ihre Mutter nasse Wäsche über eine Leine hing, und zugleich fiel ihr ein, was das fremde Mädchen gestern zu Laura von den Menschen und dem lieben Vieh gesagt hatte. Einen Augenblick lang dachte sie es, dann kam der Tag mit seiner ausfüllenden Arbeit.

Hustend und sich räuspernd spickte sie Bombachs Winterkleider und Pelzsachen mit Kampfer und Naphthalin, um sie dann in ihr sommerliches Blechgrab zu versenken. Dann trabte sie zur Frau Konsul und fegte die Spuren des gestrigen Festes zu Tür und Fenster hinaus. So folgte Arbeit der Arbeit wie Tag dem Tag, so wie es immer gewesen war.

Aber auch Gedanken haben Hände. Sie greifen, fassen, zerren und zupfen uns. Wir wissen oft gar nichts mehr von ihnen, aber sie sind da.

Frau Hempel sehnte sich hinaus aus der Stadt. Jetzt glaubte sie, dass es auch für Laura gut sein müsse, wenn man ein kleines Haus auf dem Lande hätte und sein eigener Herr sein dürfte. Es wäre wohl ein anderes Vergnügen, die eigene Haustür des Morgens der frischen schönen Luft zu öffnen und des Abends beim Dunkelwerden wieder zu verschließen, als Bombachs fremdes schweres Schlüsselbund über dem Kopfkissen zu haben. Sie konnte heute zum Wochenanfang wieder einige harte Silberstücke auf die Sparkasse bringen. Noch wenige gesunde Monate, und der Mann mit der blauen Brille und dem unfreundlichen Gesicht musste eine fünfstellige Zahl zusammenrechnen, ob er wollte oder nicht. –

Abends vor dem Einschlafen fragte sie ihren Schuhmacher, was wohl ein kleines Haus vor der Stadt kosten könne. Zwei Stuben und eine Küche, ein Dach mit einem Schornstein drauf, ein Gärtchen vorn und eins hinten. Hempel gähnte und sagte, dass es jedenfalls mehr als ein paar Stiefel kosten würde. Diese unnütze Frage sollte ihn nicht am Einschlafen hindern. Bald knarrte sein Schnarchen durch den friedlichen Raum.

Neue Wünsche aber machen unruhig. In der tiefen Finsternis hier beschloss Frau Hempel, das nahe Pfingstfest im Grünen zu feiern. Sie wollte mit Laura hinausfahren, um sich ein wenig umzusehen, und Hempel allein vor der Haustür lassen, was sie bisher noch niemals übers Herz gebracht hatte.

Aber ihr Plan sollte nicht ausgeführt werden. Einige Tage vor dem Fest begann es zu regnen. Langsam und beharrlich, wie wenn jemand durch ein feines Sieb Wasser filtrierte. Diese Unfreundlichkeit des Wetters bereitete vielen Verdruss, aber Frau Hempel kam trotz alledem der Regen recht. Er ließ die Möglichkeit offen, am Festtage zehn Mark zu verdienen. Denn bei Geheimrats im dritten Stockwerk war ein Wunder geschehen. Die älteste Tochter hatte einen Bräutigam bekommen. Den alten Herrn Rechnungsrat, dem Frau Hempel an manchem Wintertag die Treppen heraufgeholfen hatte, denn im linken Knie plagte ihn die Gicht.

Frau Geheimrat hatte in ihrer großen Freude der alten treuen Frau Hempel genau erzählt, wie alles gekommen war.

»Ja, meine liebe Hempel«, hatte sie zum Schluss gesagt,

»nun haben wir wohl die längste Zeit unter Bombachs Dach gehaust. Wir werden eine kleinere Wohnung nehmen können, denn unser guter Rechnungsrat entführt uns gleich zwei Töchter.«

»Zwei – ist das denn erlaubt?«, fragte Frau Hempel, und ihre Augen weiteten sich vor Staunen.

Aber schon klärte Frau Geheimrat sie auch über dieses Wunder auf. Das zweite Töchterchen sollte dem jungen Paar die Wirtschaft führen. Der liebe Rechnungsrat war fast den ganzen Tag im Büro, und so würden die beiden guten Kinderchen die hübsche neue Wohnung beinahe für sich allein haben.

Helle Freude leuchtete aus den Augen der versorgten Frau Geheimrat.

Mütter verstehen sich.

Beide Frauen bekamen feuchte Augen, und als die Dame nun sagte, dass Frau Hempel sie nun doch am Pfingstsonntag nicht im Stich lassen werde und bei der Verlobungsfeier helfen müsse, konnte sie es nicht abschlagen. Erst als sie auf der Treppe war und sich mit der Schürze die Tränenspur abrieb, fiel ihr ein, dass sie doch am Festsonntag mit Laura ins Grüne fahren wollte, um sich kleine Häuser anzusehen.

Leider hatte sie im Augenblick nicht Zeit, die Sache ordentlich zu überdenken, denn Bombachs Feiertagskuchen sollte zum Bäcker in den Backofen gebracht werden. Als sie mit den großen, flachen Blechen voll süßen Kuchenteigs über die Straße eilte, hatte der Himmel entschieden. Es regnete, und Frau Hempel lächelte. –

Auch Laura war unterwegs. Ein großes Paket im Arm, lief sie unter dem Schirm vergnügt durch die Regenstreifen. Sie hatte eine Bestellung von der gnädigen Frau an die Frau Bankdirektor und war sehr zufrieden darüber. Sie ging gern in ihr heimatliches Haus, wo es immer ein paar gute Worte von Vater und Mutter gab, und wo man auch sonst diesen oder jenen treffen konnte, der einem nicht unangenehm war.

Als sie das Haus erreicht hatte, nahm sie pflichttreu den Weg hinauf zu den Herrschaften und ging an der Portierwohnung vorüber, als ob sie gar nicht ahnte, wer sich da unten in den halbdunklen Räumen befand. Oben gab sie ihr Paket ab und wartete auf Bescheid. Sie saß in der Küche, wo die Köchin wütend mit den Töpfen klapperte und auf das Wetter schimpfte.

»Regnet es noch immer?«, fragte Laura und ging ans Fenster.

Aber mit einem erschreckten Ausruf trat sie rasch wieder zurück.

Sie hatte nicht bedacht, dass sie hier vom Küchenfenster aus der gräflichen Wohnung gerade gegenüber war. So hatte sie statt des Regens den jungen Grafen erblickt. Er stand am Fenster vor dem Nähtisch, wo man die Gräfin zu sehen gewohnt war, und rollte sich Zigaretten. In der Mitte des Zimmers brannte schon gelblich matt die Hängelampe, unter der die Gräfin die Teller auf den Tisch stellte. Tieftraurig, als lege sie Kränze auf ein Grab.

Als Laura zum zweitenmal hinzusehen wagte, war der Vorhang heruntergelassen und nichts mehr von dem Schauspiel zu sehen. Bald darauf wurde sie in das Zimmer gerufen, wo Frau Bankdirektor, umspielt von vielen elektrischen Flammen, die aus der Zimmerdecke und aus der Wand kamen, auf dem Sofa ruhte. Es roch wie in einer Apotheke, und Laura fragte, ob die gnädige Frau krank sei.

»Das Wetter bringt mich um«, sagte Frau Bankdirektor. »Dass auch nichts im Leben so ist, wie man es will.« Und sie sah wütend von dem Barometer, das neben ihr an der Wand hing, nach der neuen Frühlingstoilette, die eben aus Paris gekommen war.

Schlechtes Wetter trifft vornehm und gering.

Die gnädige Frau sagte, dass sie ihrer Tochter telefonisch

antworten werde. Jetzt sei sie nicht imstande, irgendetwas zu überlegen. Damit war Laura entlassen.

Sie eilte zu den Eltern hinunter. Der Vater hämmerte unter der Glaskugel, wo schon das Licht brannte, an einem hellbraunen Schuh, der eine Lackspitze bekommen sollte. Er war für Geheimrats Braut bestimmt, und so erfuhr auch Laura das neue Ereignis. Die kannte den Rechnungsrat vom Aussehen und sagte, dass sie mit solchem Großpapa nicht zusammenwohnen möchte.

Frau Hempel war irgendwo im Haus beschäftigt. Aber endlich kam sie.

»Unseren Ausflug ins Grüne müssen wir verschieben«, sagte sie vergnügt. »Aber warte, ich habe eine andere Freude für dich.«

Es war eine schmetterlinghafte Bluse aus schmiegsamer Seide, die Frau Hempel an diesen ersten Sommerabenden, die so lange hell waren, vorsichtig mit den schweren Händen genäht hatte. Der Stoff war aus Indien, und Frau Konsul hatte ihr diesen kleinen Rest gegeben, weil sie nichts damit anzufangen wußte.

»Aus Indien? Wo mag das sein?«, sagte Laura und sah glücklich auf das zarte Gewebe.

»Nimm's mit«, sagte die Mutter, breit vor Freude. »Die Sonne wird schon wieder kommen.«

Die leichte Bluse wurde sorgfältig in ein kleines Päckchen verwandelt, und Laura ging davon.

Sie war erst wenige Schritte gegangen, als jemand neben sie trat und sie fragte, ob es nicht besser sei, wenn er den Schirm trüge. Es war Graf Egon, der dicht hinter ihr aus dem Haus gekommen war. Laura war so erstaunt, dass sie ihm gehorsam den Schirm überreichte. Schweigend gingen sie nebeneinander. Aber ein weibliches Wesen findet immer die Sprache wieder, und so sagte Laura nach einer Weile:

»Alle sind böse auf das Wetter.«

»Sie auch?«, sagte der Graf.

Laura verneinte es und erzählte, dass die Mutter mit ihr ins Grüne gefahren wäre, aber nun Arbeit angenommen habe für den Festtag.

Der Graf fragte, ob dann nicht auch andere mitgekommen wären, auf die sie sich gefreut hätte?

Aber Laura sagte, sie wisse von niemandem sonst. Denn der Vater hätte sie nicht begleiten können, weil immer jemand neben der Haustür bleiben müsse.

»Wenn nun aber morgen doch schönes Wetter ist?«, fragte der Graf.

Und plötzlich hatte er ihr vorgeschlagen, mit ihm ins Freie zu fahren, wenn am nächsten Tage die Sonne scheinen würde.

Als er dies gesagt hatte, prasselte ein so starker Regenguss nieder, dass sie genötigt waren, in ein Haustor zu treten, wo Laura die nächste Straßenbahn erwarten wollte.

»Wenn es morgen schön ist«, sagte Laura und lachte.

»Dann warte ich auf Sie, passen Sie nur auf«, antwortete der Graf und lächelte sie an.

Vom Beginn der langen Straße sah man die Bahn näher kommen, auf die Laura, die kurze gerade Nase in den Regen gesteckt, spähend wartete. Der Graf wollte der Niedlichen gern eine Freude machen. Sein Blick fiel auf das Buch in seiner Hand. Es war Goethes Werther in rotes Leder gebunden und stammte noch aus der Bibliothek seines Großvaters. Auf dem inneren Titelblatt befand sich das Wappen mit dem Adler.

Graf Egon steckte es Laura hastig zu und sagte:

»Nehmen Sie es mit.«

Klingelnd kam die Bahn. Viele Menschen drängten sich hinein, und Laura fuhr davon, das schöne fremde Buch in der Hand. –

Die gnädige Frau erwartete sie schon mit verschiedenen eiligen Arbeiten, denn Herr Leutnant hatte mitteilen lassen, dass sie des Abends zu einer Festlichkeit gehen müssten. Laura heftete Spitzen ein, verhalf Lackschuhen zu Glanz, bügelte, nähte, bürstete und kam die nächsten zwei Stunden weder zum Sitzen noch zum Stillstehen. Endlich sauste der Fahrstuhl, kurbelte das Automobil, und die Wohnung fiel in Abendruh.

Laura hatte keine Lust zu essen. Ida war schon fertig damit. Sie saß bei der Lampe und nähte sich eine neue Schleife für morgen. Laura wischte den Küchentisch sorgfältig ab und vertiefte sich in das feine Lederbuch.

Ida beugte sich herüber und fand, dass es sehr herrschaftlich aussähe. Sie hielt es für eine Bibel. Aber dann buchstabierte sie die Worte: »Werthers Leiden«.

»Das wird traurig sein«, meinte sie und sagte, dass Laura vorlesen solle, wenn sie an eine schöne Stelle käme.

Laura war schon mitten im Lesen und hörte nichts mehr. Sie las und las. Es waren wunderschöne Worte, aber sie verstand sie nicht. Sie begann zu blättern und kam gegen Ende des Buchs aufs neue ins Lesen. Jetzt wurde ihre Aufmerksamkeit gefangen genommen, und sie verstand. Das tiefste Mitgefühl mit Werthern ergriff sie. Als er die blassrote Schleife küsste, die er von dieser herzlosen Lotte zum Geburtstag erhalten hatte, und darum bat, dass er sie mit in sein Grab nehmen dürfe, liefen die Tränen in langen Reihen über Lauras Gesicht.

Ida, die inzwischen erfahren hatte, dass Werther ein junger Mann war, fragte anteilnehmend:

»Was hat er denn für ein Leiden? Schwindsucht?«

Aber Laura schüttelte nur den Kopf, klappte das Buch zu und ging in ihr Zimmer.

Als die Großstädter am anderen Morgen erwachten, war der Regen vorüber, und die Sonne blendete auf die Dächer.

Auch angenehmer Besuch erregt Verwirrung, wenn er unerwartet kommt.

Alle Pläne wurden umgestürzt. Nun wollte jeder hinaus aus der Stadt. Die Fernsprecher rasselten, als ob alle Straßen in Brand stünden.

Auch in der Wohnung von Herrn und Frau Leutnant läuteten alle Klingeln. Das veränderte Wetter machte die aufgehobene Einladung nach einer Landvilla wieder gültig. Frau Bankdirektor schrie durchs Telefon, dass sie wieder kerngesund sei und das Pariser Kleid vortrefflich passe. Man benachrichtigte andere Bekannte, Automobile fuhren vor, die Hupen heulten, die Herrschaften eilten hinunter, stiegen ein, der Bursche kletterte auf den Bock, und plötzlich war die Wohnung leer, und nur die Sonnenstäubchen tanzten in den schrägen Sonnenstreifen, die den Raum durchquerten. Ida zog sich geschwind das Sommerkleid mit der neuen Schleife an und verschwand auch.

»Grüßen Sie Ihre Mutter«, sagte sie, als sie davoneilte, und ehe sich's Laura versah, war sie allein mit Sonne und Festtag.

In der Eile des Aufbruchs hatte man vergessen, ihr Anweisungen zu geben. Man hatte ihr weder verboten auszugehen noch befohlen dazubleiben. Die Sonne war da, und der Tag war schön. Hatte der Graf gestern gescherzt? Laura sah in den Spiegel und zog die Mullbluse aus Indien an.

Dann ging sie in die Vorderzimmer, um die Fenstervorhänge niederzulassen.

Was man sieht, muss man glauben. Drüben, auf der anderen Seite der Straße, stand der Graf und rauchte eine Zigarette.

Nicht gleich, aber schließlich ging Laura hinunter. Es war peinlich, aus dem Haus zu kommen, während Graf Egon dort drüben stand. Aber ebenso beunruhigend war die Möglichkeit, dass er plötzlich verschwunden sein könnte. –

Als sie dann auf die Straße kam, war alles ganz selbstverständlich, so wie es war.

Graf Egon kam auf sie zu und fragte sie lächelnd, ob sie

Militärmusik hören und Karussell fahren wolle oder still an einem kleinen See sitzen möge, wo man nichts anderes hörte als das Quaken der Frösche. Laura wollte an den kleinen See und erzählte, dass sie auch einmal einen Laubfrosch besessen hätte. So plaudernd verschwanden sie um die Ecke. –

Aber auch bei Geheimrats hatte die Nacht des Wetters einen Umsturz der Festordnung gebracht.

Herr Rechnungsrat, der in diesen zwiefach warmen Tagen ganz vergessen hatte, dass ihn manchmal die Gicht plagte, machte den verwegenen Vorschlag, die Waldmeisterbowle auf Flaschen zu füllen und irgendwo unter schattigen Bäumen zu trinken. Braten und Torten sollten gleichfalls mitgenommen werden.

Ein später Bräutigam regiert das Haus. Die Mutter und Frau Hempel beeilten sich, die Braten und Gemüse in Körbe zu bringen, die Flaschen in Stroh zu wickeln, die Torten in Seidenpapier zu hüllen. Endlich war alles miteinander im Wagen und mit Peitschenknall davongefahren.

Als Frau Hempel in ihre grauschwarze Wohnung kam, um sich zu waschen, dachte sie, dass sie einen Spaziergang machen und ihr Mädchen besuchen könnte.

»Vielleicht kannst du sie mitbringen«, sagte Hempel, der auch gern etwas vom Feiertag haben wollte.

Er nahm wie immer drei Stühle hinaus und setzte sich wartend vor die Tür. Bald darauf stieg Frau Hempel aus dem Keller hervor, im schwarzseidenen Umhang und mit Pompadour und Handschuhen. Sie verabschiedete sich und verschwand im Gewühl. Als sie die Marmorsäulen des schönen Hauses erreicht hatte, sagte ihr die Portierfrau, die dort im Gespräch stand, dass Fräulein Laura fortgegangen sei mit einem Herrn, der sie lange erwartet hätte.

Frau Hempel dankte und kehrte um. Endlich hatte sie die Ecke gewonnen und konnte stehen bleiben und sich an eins der fein geschnörkelten Eisengitter lehnen. Ihre Knie zitterten und wollten den schweren arbeitskräftigen Körper nicht tragen. Nach einer Weile des Ausruhens ging sie wieder zurück, denn es war klar, dass die Frau sich geirrt hatte.

Der Eingang war diesmal frei. Die Frau fort, und rasch wie ein Dieb gewann Frau Hempel die Tür, den Flur und die Treppe und eilte neben dem hohlen Fahrstuhlschacht die Stufenwindungen hinauf. Die Klingel oben hallte nach wie ein spottendes Echo. Niemand öffnete.

Endlich begriff Frau Hempel, dass sie gehen müsste, und ungesehen kam sie wieder aus dem Hause.

Sie rannte durch Staub und Menschenmenge den Weg zurück. Dieser und jener drehte sich um nach der starkleibigen Frau, die häufig den Kopf schüttelte und oft laut aufstöhnte, wie wenn plötzlich Schmerzenschauer sie durchschnitten.

Von weitem schon sah sie, dass Hempel allein vorm Haus saß. Ihr fiel auf, wie viel grauer sein glatt gebürstetes Haar geworden war. Er hatte die Augen auf dem Boden, denn er beobachtete das Gewimmel der vorbeieilenden Schuhe und Stiefel. Als Lina auf ihn zukam, sah er auf und sagte:

»Hast du sie nicht mitgebracht?«

»Nein«, stieß Frau Hempel hervor und ließ sich schwer auf dem zweiten der freien Stühle nieder. Der Platz zwischen ihnen blieb frei.

Hempel sah mit heimlichem Stolz auf seine Frau. Sie glich in ihrem Sonntagsstaat einem feinen Besuch. Als er aber auf ihr Gesicht guckte, erschrak er. Er fand, dass die gelbliche Haut Furchen und Fallen hatte wie verbrauchtes Leder.

»Du sollst nicht so viel arbeiten, um alles auf die hohe Kante zu legen, Lineken«, sagte er. »Man kann doch nicht zwei Paar Stiefel auf einmal tragen.«

Frau Hempel schien nicht gehört zu haben. Sie stand auf, murmelte etwas und ging an ihm vorbei in den Keller.

Hempel dachte, dass sie sich umkleiden werde, aber als sie nicht wieder hinauskam, folgte er ihr.

Sie saß mit dem schönen Seidenumhang in der rußigen Küche, ganz zusammengebeugt, und schluchzte.

Er blieb stehen und beobachtete sie voll Schrecken. Seine große breite Lina konnte er sich nicht anders vorstellen als ruhig und aufrecht. Die kräftigen Arbeitsarme bereit zum Schaffen.

»Ist es etwas mit Laura?«, fragte er plötzlich, und es wurde ihm noch kälter unter der Haut.

Lina fuhr zusammen und hob den Kopf:

»Unsinn, was soll's mit Laura sein«, sagte sie rau und stand auf.

Er wurde ganz glücklich, als er wieder ihre barsche Stimme hörte. Unbeholfen ging er auf sie zu und sagte:

»Bist du nicht gesund, Linechen? Willst du ein Glas Wasser?«

Ein Glas Wasser war die Hauptarznei gewesen, damals, ehe Laura angekommen war, und eine andere Krankheit kannte Hempel nicht an seiner Frau.

Frau Hempel schüttelte den Kopf, dann horchte sie auf und sagte:

»Kommt da jemand?«

Aber es waren fremde Schritte, die über den Hof hallten und verklangen.

»Ich werde noch ein Stück spazieren gehen«, sagte Frau Hempel. »Ich habe Kopfschmerzen.« Und sie ging rasch an Hempel vorbei und hinaus.

Er blieb in ängstlicher Verwunderung zurück. Es dämmerte schon, und bald musste das Haus erhellt werden. Hatte sie das ganz vergessen? Gewiss, zur Not konnte auch er das machen. Aber man war gewohnt, dass sie es tat. Unruhig setzte er sich für kurze Zeit auf einen der drei leeren Stühle. Er grübelte und fand schließlich heraus, dass Lina nervös sein könnte. Wie oft hatte sie von den feinen Damen erzählt, die plötzlich weinten und unzufrieden waren und über Kopfschmerz jammerten. Aber wenn sie das eine Zeitlang getan hatten und mit Kölnischem Wasser besprizt worden waren, so wurden sie bald wieder munter, und alles war wieder vorbei.

Er hatte das Geld bei sich, das er für die Brautschuhe mit den gelben Lackspitzen bekommen hatte. Bedächtig öffnete er sein großes schwarzes Portemonnaie, nahm einige Silberstücke hinaus und schritt durch den lebendigen Strudel des Straßendamms. Er ging in die Apotheke, um für Linechen eine Flasche Eau de Cologne zu kaufen. –

Frau Hempel lief durch den schwülen Sommerabend zum zweitenmal den langen Weg zu dem Hause mit den Türmchen. Sie musste dem Mädchen in die Augen gesehen haben, ehe es Nacht wurde.

Um sie herum stieß sich mit Kichern und Lachen die Menschenmasse vorwärts. Die ganze Stadt feierte den warmen Festtag mit Lärm, Musik, mit Tanz und Trunkenheit. Zwischen diesem allen war irgendwo Laura mit einem Fremden. Wer mochte es sein? Das Kind kannte doch niemand? Aber braucht man mit siebzehn Jahren jemanden lange zu kennen, um mit ihm bis ans Ende der Welt gehen zu wollen?

Aus einem Vorgärtchen überschüttete sie ein Fliederbaum mit seinem Honigduft. Frau Hempel erinnerte sich auf einmal der Pfingsten ihrer eigenen Jugend. Hatte sie ihn lange gekannt, den einen, an den sie noch heute denken musste, wenn sie besonders froh wurde? Es war nicht der gute Hempel, den sie schon lange ohne wilde Wünsche gekannt hatte, ehe sie übereins gekommen waren, einige hübsche Möbel zu kaufen und zu heiraten. Ein feiner Herr war's gewesen. Nur einen Monat lang wohnte er in dem niederen Giebelhaus, worin die einzige Wirtschaft des Dorfes war. Es machte ihm Spaß, im Mühlbach Forellen zu fischen. Im Herbst zog er fort. Aber das Wasser rauschte weiter zwischen den Tannen dahin, und die Tage blieben auch nicht stehen. Solche feinen

Hände wie die seinen sollten einmal Laura streicheln, aber nicht zum Spiel. –

Die Lichter blitzten auf in den Straßen. Auf den Dächern sprangen leuchtende Buchstaben hervor, verschwanden und kamen wieder. Tausend Strahlen zuckten ineinander und schnellten wieder zurück, wie angstvolle Geschicke, die sich miteinander verschlangen und wieder lösten.

Der Lärm und das Geschrei wurde stärker, der Menschenknäuel drehte sich enger zusammen. Der Abend war schwül, Frau Hempels zitternder Körper triefte.

Endlich hatte sie wieder das Haus erreicht. Viele Fenster waren erhellt, aber die Wohnung, in die Laura gehörte, lag im Dunkel. Frau Hempel schlich sich auf den Hof. Auch hier war alles schwarz, sie konnte sich die Treppen sparen.

Sie stellte sich hinter eine der feinen Marmorsäulen auf, um zu warten. In dieser Seitenstraße war es stiller. Die Paare kamen einzeln vorüber und nicht in Scharen, sie gingen meist Schulter an Schulter, und ihre Körper berührten sich bei jedem Schritt. Frau Hempel sah scharf, und nichts entging ihr. Ein Mädchen, das neben einem Mann schlurfte, dessen Arm wie ein Ring um ihre Schultern griff, sagte, als sie bei den Säulen waren:

»Und morgen?«

»Was kümmert uns das?«, antwortete der Mann mit heiserer Stimme und schleppte sie schneller vorwärts.

Frau Hempel lehnte sich gegen die kalte Säule und atmete schwer.

Sie wusste nicht, ob es spät oder früher sei. Aber dann bemerkte sie, dass die Haustüren noch erleuchtet waren. Es war also noch nicht zehn Uhr.

Um die Ecke war wieder ein Paar gebogen, doch diese beiden gingen weit voneinander. Leichtschrittig, wie man am Morgen ausgeht, kam Laura neben dem fremden Herrn auf das Haus zu.

Neben der Säule, die die Mutter verbarg, blieben sie stehen, im vollen Licht der Laterne.

Mit einem Blick hatte Frau Hempel gesehen, dass Lauras Augen groß und klar blickten, dass um den schmalen Mund noch das kindliche Lächeln lag. Dieser kleine Mund, der noch ganz derselbe geblieben war, seit sie ihn zum erstenmal behutsam zu küssen wagte, lange nachdem sie dem zarten Geschöpfchen zum erstenmal die Brust gereicht hatte.

Laura zögerte. Sie sah zu den Dächern auf und sagte:

»Die vielen schönen Sterne. Ist es wahr, dass sie alle Namen haben?«

»Ja«, antwortete ihr Begleiter, den Frau Hempel sofort erkannt hatte. »Sehen Sie, diese sieben Sterne hier über uns nennt man den Wagen.«

»Wirklich, ich sehe die hochgestellte Deichsel«, rief Laura erfreut und lachte. Dann wurde ihr Gesicht ernst und sie sagte: »Nun muss ich aber hineingehen.«

»Ich danke Ihnen für den schönen Tag, und vergessen Sie mich nicht«, sagte der Graf leise. Rasch hatte er sich über ihre Hand gebeugt und sie geküsst und war mit schnellen Schritten davongegangen.

Frau Hempels Gesicht war nass. Sie merkte es nicht, dass diese eiligen Salztropfen auch über den gehüteten Seidenmantel liefen.

Langsam löste sie sich von ihrem Platz und ging der Ecke zu. Sie wollte Laura nicht sprechen. Worte machen erst etwas aus den Sachen. Sie wollte handeln. Sie wusste, dass sie bald etwas finden musste, wo das Mädchen bei ihr bleiben konnte. Wieder sah sie das niedere Haus mit der eigenen Tür und dem großen Schlüssel vor sich, weit draußen von dieser gierigen, übelriechenden Stadt.

Sie ging langsam und ließ sich Zeit zum Atemholen. Es war endlich kühler geworden.

Wie schade, dachte sie, dass der Graf ein Graf und doch kein

Graf war. Sie wollte ihm doch heute oder morgen sagen, dass sie sich die heimlichen Spaziergänge mit ihrer Tochter verbitte.

Ihre Gedanken wurden gehemmt, weil Hempel im Laufschritt auf sie zukam.

Sie erzählte ihm, dass sie noch einmal bei Laura gewesen wäre, die wohl und munter sei, und dass sie auch keine Kopfschmerzen mehr habe.

Das letztere bedauerte Hempel beinahe ein wenig, und als sie nach Hause kamen, versteckte er die teure Eau de Cologne-Flasche, um sie bis zu Linas Geburtstag aufzuheben.

Frau Hempel legte rasch den Seidenmantel ab. Es schlug zehn, und das Haus musste geschlossen werden. Als sie in den Flur kam, lag dort eine große dunkle Masse unter dem flackernden Gaslicht, und als sie näher lief und sich niederbeugte, sah sie, dass es der alte Graf war. Die häufigen Sektproben und die vielen Gläser, die über das Kosten hinausgingen, hatten sich ihm schon lange unter die Muskeln und in die Adern gesetzt, die ihn nun plötzlich nicht einmal mehr über die Schwelle seines Heims hatten tragen wollen.

Schreckerfüllt rief Frau Hempel nach ihrem Manne, und, die Gesichter voll Grausen und Mitleid, schleppten beide den schweren Körper bis zur Wohnungstür und, als die Gräfin laut aufschreiend geöffnet hatte, auch bis zum Bett. Der Arzt wurde geholt. Die Schreie der Gräfin hallten über den Hof. Dann wurden die Fenster geschlossen, und es wurde still.

Als Frau Hempel viel später als sonst das Haus verschloss, kam der junge Graf hinein. Sie sagte leise und ehrerbietig:

»Ihr Vater ist krank geworden, Herr Graf.«

In der Nacht hatte es wieder zu regnen begonnen. Die nächsten Tage brachten kühlen und feuchten Wind, und Blumen wie Menschen wussten nicht mehr, ob sie den schönen Sommertag erträumt oder erlebt hatten.

An einem dieser Regentage fuhr vor dem Hintereingang des Bombachschen Hauses ein einfacher Leichenwagen vor, dem eine gewöhnliche Droschke folgte. Die Leichenträger beeilten sich, aus dem strömenden Wasser unter Dach zu kommen, und verschwanden erst eine Weile in Kempkes Wirtschaft. Als Kempke ihnen zu einem teuren Schnaps riet, weil sie einen Grafen holen gingen, lachten sie und sagten, dass sie sich wenig aus dem Rang der Leute machten, sondern ihnen mehr der Kassenbestand der Hinterbliebenen naheginge. Und davon sei im Hinterhaus nicht viel zu erwarten. –

Hempels öffneten die Tore des Hauses, soweit es ging, und bald wurde der prunklose Sarg hinausgetragen. Hinter ihm führte der junge Graf seine Mutter. Die Pferde zogen an, und zum letztenmal fuhr der alte Graf in einer Kutsche seinen Weg, was er lange nicht mehr gewohnt gewesen war.

Hempels riegelten die Haustüren wieder zu.

»Nun braucht er sich nicht mehr um seine durchlaufenen Sohlen zu sorgen«, sagte Hempel.

Frau Hempel gab ihm recht und meinte, dass es kein Vergnügen gewesen sein muss, treppauf, treppab zu laufen, um den Leuten einzureden, dass sie Sekt kaufen sollen, und dann zu Haus nur Gejammer um die Ohren zu haben.

»Ja«, sagte Hempel, der wieder bei seiner Arbeit saß. »So recht versteht man das immer erst hinterher.« –

Es ist eine alte Sache, dass wir die allerschönsten Prädikate erst auf dem Leichenstein zugelegt bekommen, wo sie sich auch weniger abnutzen als bei beweglicheren Gegenständen.

Auch die traurige Gräfin wusste erst jetzt, dass sie einen wahren Edelmann verloren hatte. Der junge Graf musste es immer wieder hören, von früh bis spät, und es brachte ihn, zusammen mit dem eigenen Schmerz um den Vater, fast zur Verzweiflung.

Er besuchte Herrn Bombach und bat ihn, sie früher aus der Wohnung zu lassen, als es vertragsmäßig erlaubt gewesen wäre, denn er hoffte, dass eine andere Umgebung und die Arbeit des Umzugs den Schmerz der Mutter ablenken würde. Herr Bombach bewilligte seine Bitte. Er wollte ohnedies im Gartenhaus bauliche Veränderungen vornehmen. Der gräflichen Wohnung sollten ein kleiner Balkon und eine Badestube angeflickt werden.

So öffneten sich bald darauf die Tore des Hauses noch einmal weit vor der gräflichen Familie, um ihr Hab und Gut ohne Schaden hinauszulassen.

Als Laura erst mehrere Sonntage später wieder Urlaub erhielt und mit mancherlei Neugier nach dem elterlichen Hause geeilt kam, waren die bekannten Fenster jener Gartenwohnung nichts anderes mehr als schwarze Löcher mit Scheiben.

Laura weinte bitterlich über den Tod des armen alten Grafen, und Frau Hempel störte sie nicht.

Es gibt immer Freuden, die das Gleichgewicht wieder herstellen.

Bald sollte sie Laura wieder eine Zeit lang bei sich haben. Frau Leutnant ging mit den Eltern auf Reisen, aber der Lohn wurde trotzdem gezahlt.

D ie Sonne kam wieder, und nun ging der warme Sommer ohne Stocken vorwärts.

An einem der wärmsten Tage wurde das Fräulein aus der dritten Etage Frau Rechnungsrat. Das war nun schon die zweite Hochzeit im Jahr, bei der Frau Hempel mitgeholfen hatte.

Es wurde heißer und ruhiger in der Stadt und im Haus. Im ganzen Vordergebäude hörte man oft stundenlang keinen Tritt. Das Getrappel am Morgen war gering, denn die Herrschaften aßen jetzt ihr Brot am Meer, auf großen Schiffen oder im Gebirge, und ihre Zeitungen folgten ihnen mit der Post.

Frau Hempel hatte weiter vieles und verschiedenartiges zu tun. Es änderte sich nichts an ihrer Meinung, dass der liebe Herrgott für jeden Tag, den er machte, auch die dazu gehörige Arbeit schuf. Sie hatte alle Schlüssel der verschlossenen Wohnungen am Schürzenband. Bei Konsuls hatte sie den Papagei zu füttern. Bei Bankdirektors zwei Kanarienvögel und ein Aquarium. In einer anderen Wohnung die Schildkröte und den Salamander eines Tertianers. Auf einem Balkon drehte sich ein Eichkätzchen, das von ihr seine Nüsse verlangte. Im Gartenhaus arbeiteten bei Gesang und Weißbier die Maurer und sorgten für Kalk- und Staubpulver, dass der Besen nicht aus ihrer Hand kam. –

Aber jeden Sonntag dachte sie an das kleine Haus mit dem eigenen Dach und dem eigenen Schornstein. Sie fragte auch einmal, ob Laura nicht wieder das Mädchen vom Lande gesprochen hätte. Laura erzählte, dass diese ihr das Hemd schön gewaschen und geplättet wiedergegeben habe, wobei sie berichtete, dass es ihr Glück gebracht hätte. Im nächsten Frühling, wenn ihr Bräutigam frei vom Militär sein würde, sollten sie in ihrer Heimat heiraten.

An einem gewöhnlichen Wochentag, als Laura allein vorm Haus saß und die dicken Winterstrümpfe des Vaters stopfte, für die die langen Arbeitstage der Mutter noch keine Zeit gefunden hatten, kam zwischen den anderen Fußgängern Graf Egon daher. Er trug denselben hellen Anzug, in dem er neben Laura an dem von Libellen überflogenen See gesessen hatte. Aber auf dem Rockärmel saß ein breiter Trauerstreifen.

Graf Egon kam ernsthaft auf Laura zu, der die Stopfnadel in der Hand zu schwingen begann wie eine Magnetnadel. Aber sie bemerkte ihn nicht früher, als bis er vor ihr stand, den Hut zog und ihr mitteilte, dass er für Meister Hempel ein Paar Stiefel zu besohlen habe. Darauf fragte er Laura, ob sie ihn überhaupt noch wiedererkenne oder schon ganz vergessen habe.

Laura erwiderte, dass sie noch ganz genau wisse, wer er sei.

Der Graf fragte weiter, ob sie noch manchmal an den schönen Sommertag zurückdenke, der für ihn so furchtbar traurig enden sollte.

Laura nickte und sagte, dass sie seitdem nicht wieder im Freien gewesen sei. Und dass sie auch an manchem Abend zwischen den Sternen nach dem Wagen ohne Räder suchte, dass man aber hier in dieser Straße die Sterne viel schlechter erkennen könne.

Nun entstand eine Pause, und Laura fragte, ob sie den Vater rufen solle, damit der Herr mit ihm über die Stiefel spreche. Da zeigte es sich, dass der junge Graf sie gar nicht mit sich hatte. Wenn er nicht in tiefer Trauer gewesen wäre, hätte Laura darüber lachen müssen.

»Dann muss ich wieder gehen«, sagte der Graf und bedauerte, dass er die Stiefel nicht ein anderes Mal bringen könne, weil er bald mit seiner Mutter fortziehen werde, in dieselbe kleine Stadt, wo er früher wohnte. Aber Laura sollte ihn und den schönen Sommertag nicht vergessen, bis sie wieder einmal einen guten Tag zusammen verleben würden. Sie sollte ihm die Hand darauf geben. Das tat sie, und trotzdem die Großstädter immer Eile haben, beeilte er sich gar nicht, sie wieder loszulassen. Schließlich war er gegangen, und Laura zog die schwingende Nadel durch den braunen Wollstrumpf. Leider gerade da, wo er nicht den geringsten Schaden aufwies.

Die Tage begannen kürzer zu werden und gingen um so rascher davon, je älter der Sommer wurde. Ehe man sich's versah, trugen die Automobile die Koffer der Heimkehrenden auf dem Rücken, die Fenster der Vorderhäuser öffneten sich wieder, und die Treppen knarrten vom frühen Morgen an.

Bald scheuerte der erste Regen die letzten spärlichen Sommerspuren aus der Großstadt. Die Konzerte in den Gärten verstummten, Gicht und Rheumatismus kehrten zu ihren Inhabern zurück, die Bäume schüttelten ihre nassen Blätter ab, und die Kohlen stiegen im Preise.

Frau Hempel kaufte ihrer Laura ein paar spiegelblanke Gummischuhe, da es mit den Gummirädern bisher nichts geworden war und sie viel zu Fuß gehen musste. Das Haus mit den beiden Gärten verschwand wieder unter der kahl gewordenen Erde, denn im Winter schrumpfen die Menschen und ihre Wünsche zusammen. Auch hatte Frau Hempel noch eine Beschäftigung mehr für ihre reich beladenen Stunden bekommen: ein großes Ofenbecken in dauerndem Brand zu erhalten. Diese allgemeine Heizung war ebenfalls im Sommer eingebaut worden, nicht weil sie schon lange der lebhafte Wunsch sämtlicher Mieter gewesen war, sondern weil Herr Bombach meinte, dass sein Sohn Anspruch auf eine gleichmäßig erwärmte Wohnung machen konnte.

So kam der Winter im vollen Gang. Es wurde tüchtig kalt. Das Quecksilber kroch bis unten ins Thermometer, als ob es einen Ausweg suchte, um davonlaufen zu können. Aber man ist im Winter auf dem Weg zum Frühling, und je kürzer die Tage sind, je näher ist man auch der Zeit, wo sie wieder länger werden müssen.

An diesem Rechenexempel erwärmte sich Frau Hempel durch die kalten, dunklen Winterstunden. –

Werden und müssen sind die treuen Hilfsverben der Hoffnung. Aber es gibt Zeiten, wo man auch an ihrer Zuverlässigkeit zweifeln könnte. Es hätte längst Frühling sein müssen, als Hempel Schmerzen im rechten Oberarm bekam und das beruhigende Ticktack des Hammers verstummte. Hempel saß umwickelt mit Tüchern in einer dunklen Ecke und sagte, dass altes Leder zu nichts mehr tauge.

»Wir haben nur zu lange in diesem Kellerloch gesteckt«, beruhigte ihn Frau Hempel, während sie ihm wieder eine

Tasse heißen Kaffees reichte. Aus dem Dunst der hellbraunen Flüssigkeit stieg wieder das rotbedachte Haus mit den beiden Gärten aus Schnee und Eis hervor.

Auch Hempel grübelte in diesen Stunden, wo die vergangenen Jahre in seinen Knochen knackten, wie man zu besseren Tagen kommen könnte.

»Sieh dir doch einmal die neumodischen Gegenden an, Linechen«, sagte er, »da bekommen wir vielleicht eine Wohnung zu ebener Erde.«

Frau Hempel schüttelte den Kopf.

»Da gibt's für mich keinen Pfennig extra«, antwortete sie. »Der Müll rennt allein auf den Hof, die Teppiche klopft eine Maschine, Kohlen gibt's keine zu tragen, denn sie kochen mit Gas und plätten elektrisch. Da macht sich alles von selbst. Von deinen paar Stiefelabsätzen können wir nicht leben, und Neubestellungen gibt's da nicht. Dazu kommen sich die Menschen in solchem Hause viel zu vornehm vor. Sie kaufen in den großen Geschäften, wo jeder Stiefel auf Samt steht und sich von allen Seiten im Spiegel begucken kann.«

Wenn sie so viel gesprochen hatte, musste sie wieder zu ihrer Arbeit eilen, und Hempel blieb nachdenklich zurück.

»Wenn auch ich einmal ein Stückchen Los kaufte und mein Glück versuchte«, sagte er ein andermal ein wenig kleinlaut, denn er hatte immer über das Lotteriespielen geschimpft.

»Wenn du nicht auch die richtige Nummer weißt, lass es lieber bleiben«, sagte Frau Hempel, die am Boden kauerte und die Diele scheuerte. »Ich will dir nur sagen, ich glaube nicht mehr daran.«

Und sie rechnete ihm vor, dass sie in zwanzig Jahren fünfhundert Mark verspielt habe, die sie jetzt auf der Sparkasse hätte haben können.

»Wieviel hast du denn auf der Sparkasse, Linechen?«, fragte Hempel vorsichtig. Er wartete schon lange auf eine Gelegenheit zu dieser Frage.

»Das hab' ich im Augenblick nicht so im Kopf«, sagte Lina. Dagegen fiel ihr im selben Augenblick ein, dass sie zu Bombachs hinaufkommen sollte. Sie stellte den Besen an die Wand und ließ Hempel und seine Mutmaßungen allein.

Oben wurde sie vom Hauswirt selbst empfangen, der sich nach Hempels Befinden erkundigte und zu heißen Bädern riet, die heilend und lindernd wirken würden. Er wollte ihnen erlauben, in der leer stehenden Wohnung des Gartenhauses jeden Morgen die neue Badewanne zu benutzen.

»Wenn nur die Kohlen nicht so teuer wären«, sagte Frau Hempel, wahrscheinlich um Herrn Bombachs Güte auf die Spitze zu treiben.

»Nun, diese paar Pfennige werden Sie schon für Ihren fleißigen, treuen Mann übrig haben«, sagte Herr Bombach verweisend. »Also heizen Sie ihm jeden Morgen ein Bad, und dann säubern Sie natürlich wieder Stube und Wanne aufs schönste. Sie werden sehen, wie gut ihm das tun wird.«

Frau Hempel erzählte Hempel von der Gunst des Hauswirts, die ihr nicht anders als ein fauler Spaß schien.

Sie wusste nicht, dass Krankheit den Menschen verändert. Hempel bestand sofort auf seinem Bad, denn er wollte wieder gesund werden. Er tat seiner Lina viel zu leid, als dass sie seinen Wunsch hätte abschlagen können.

»Versuchen wir's«, sagte sie und schleppte auch schon einen Eimer Kohlen über den Hof.

Als sie dem Kranken ins Bad half, sagte sie:

»Du alter Schrumpel, nun gib dir Mühe, dass dich das herrschaftliche Bad gesund macht«, und sie lachte wieder einmal ihr altes, vergnügtes Lachen.

W asser und guter Wille sind gewiss gute Heilgehilfen, aber es musste doch erst Frühling werden, ehe Hempel den Hammer wieder schwingen konnte.

Endlich kam auch wieder ein Sonntag, wo man die Stühle vors Haus setzen konnte, um sich ein Teilchen Sonne zu holen.

Laura kam zu Besuch und sagte:

»Mutter, der Frühling ist da«, und sie küsste den Vater, weil er wieder gesund war.

Hempel lächelte zufrieden und sagte, dass man es jetzt wenigstens merke, wenn es Sonntag sei.

In seinem Gesicht hatte der schmerzhafte Winter manche Rune hinterlassen. Als er sich mit Behaglichkeit das erste Pfeifchen anstecken wollte, kam Frau Kempke laut weinend aus ihrem Laden auf ihn zugestürzt. Sie hatte über ihr hellrotes Sonntagskleid ein schwarzes Tuch gelegt. Jeder konnte von weitem sehen, dass da etwas Trauriges geschehen war. Man ging in den Keller hinunter, und hier erzählte Frau Kempke, dass ihre Schwester eine Witwe geworden wäre.

Da Hempels diese unglückliche Frau nicht kannten, waren sie in der verlegenen Lage ohne Worte, in die man immer gerät, wenn man an der Trauer oder Freude eines anderen nicht teilnehmen kann.

»Was war denn der Tote?«, fragte Frau Hempel schließlich.

»Schwimmlehrer«, schluchzte die Gefragte.

»Das ist kein alltäglicher Beruf«, sagte Hempel tröstend.

Endlich nahm Frau Kempke eine Tasse Kaffee und begann zusammenhängender zu erzählen.

Es schien, wie wenn die unglückliche Schwester nicht nur ihren Mann, sondern auch ihr Vermögen verloren hätte. Klarheit in den Worten ist nicht jedermanns Sache, und soviel Hempels aus der erregten Rede ihrer langjährigen Nachbarin errieten, war es leichter, wieder zu einem Mann zu kommen als zu einem Vermögen. Insbesondere für diese Schwester, die ein Oberkellner vom Fleck weg heiraten wollte, denn er kannte sie schon lange, und sie hatte noch einen wundervollen Busen. Aber der Mann wollte sie nach Amerika mitnehmen. In drei Wochen wollte er auf ein Schiff als Kellner übers Meer gehen, und die Witwe sollte ihn begleiten. Vorher aber musste die arme Brautwitwe ihre ganze Bude verkauft haben, sonst gingen Schiff und Kellner ohne sie.

Hier unterbrach Frau Hempel die zickzackige Rede und fragte: »Was für eine Bude?«

»Nun, doch die Schwimmanstalt«, antwortete Frau Kempke beleidigt, denn sie hatte schon früher einmal von ihrer Schwester erzählt.

Hempel und Laura gingen wieder hinaus vor das Haus, und die Frauen blieben allein.

Der Kaffee wurde zum drittenmal eingeschenkt, und Frau Kempke fragte tränenüberströmt, ob Frau Hempel Zichorie daran nehme, denn er schmecke besonders gut und kräftigend.

Frau Hempel sagte, dass sie immer die allerbeste Zichorie zusetze. Und dann kamen sie wieder auf die Schwimmanstalt zurück. Es gehörte ein kleines Wohnhaus dazu, zwei Stuben und eine Küche. Vorn war ein kleiner Garten mit Sonnenblumen und hinten einer mit Schnittlauch und Petersilie. Nun war das ganze für einen Spottpreis zu verkaufen. Wer zugriff, machte sein Glück.

Frau Hempel, die sehr blass aussah, fragte, warum Kempkes nicht zugriffen.

Frau Kempke erwiderte, dass sie kein Bargeld besäßen und auch zeitlebens an Spiritus und nicht an Wasser gewohnt seien.

Als Frau Kempke endlich ging, wieder in der Farbe der Freude, denn das schwarze Tuch war zu Boden geglitten, ohne dass es jemand bemerkt hatte, war der Kaffeetopf leer und Frau Hempel hatte versprochen, mit Frau Kempke hinauszufahren, um sich das alles anzusehen. Vielleicht konnte sie einen Käufer finden.

Wir wissen immer, was wir tun wollen, aber nie, was wir tun. –

Es ist nicht unmöglich, dass der größte Fehler in dem Aufbau unseres Lebens darin liegt, dass wir den meisten Mut zur Ausführung unserer Entschlüsse im Frühling haben. In den wenigen Tagen des Jahres, wo alle Mädchen schön und alle Häuser neu aussehen, wo alles noch einmal so leicht und gut zu sein scheint als sonst.

Als sich Frau Hempel neben Frau Kempke, die nun ein hübsches Trauerkleid trug, der Badeanstalt und dem kleinen Hause näherte, war alles so in Sonne gebadet und von würzigem Erdgeruch überströmt, dass es wenige gegeben hätte, die nicht Besitzer dieser Pracht hätten werden mögen. Frau Hempels Augen, die an das Halbdunkel des Kellers gewöhnt waren, wurden fast geblendet.

Das Wasser des Sees war klar und frisch und spiegelte die Sonne wider. Die Badeanstalt war neu gestrichen, hellgrün mit rosa Streifen, wie wenn der Frühling selbst sich um sie bemüht hätte. Die Witwe aber, die am Arm des Oberkellners neben Frau Hempel her schritt und alles bereitwilligst erklärte, sagte: »Dies hat der Tote noch selbst gemalt.« Sie war Frau Hempel als Frau Godowsky vorgestellt worden. Der Mann war aus dem Polnischen gewesen. Von dem Kellner erfuhr Frau Hempel nur den Vornamen. Er hieß Franzl. Er war sehr liebenswürdig und berichtete, dass man für die nebenstehende Wiese, die Frau Hempel erst jetzt bemerkte und die auch zum Ganzen gehörte, eine polizeiliche Erlaubnis besaß, wonach man Volksbelustigungen darauf veranstalten dürfe. Auch früher hätten hier Karusselle und Buden gestanden, und wer verstünde, das alles hier in Gang zu bringen, hätte das große Los gezogen.

»Hier könnte das größte Vergnügungsetablissement der Welt entstehen«, sagte er und fuhr mit einer großen Handbewegung wie ein Zauberer über die sumpfige Grasfläche.

»Aber warum haben Sie alles so liegen lassen?«, fragte Frau Hempel und sah Frau Godowsky erstaunt an.

»Weil er trank«, antwortete diese dumpf. »Weil niemand bei ihm schwimmen lernen wollte aus Furcht, er würde sie im Trunk ertrinken lassen. Weil er alles versoff. Wäre der See hier nicht aus purem Wasser, er hätte keinen Tropfen davon übrig gelassen.« Sie zog ihren Arm zwischen Franzls Ellbogenbeuge hervor, holte ihr Taschentuch heraus, das einen breiten Trauerrand hatte, und weinte.

Vor dem kleinen Haus standen Bank und Tisch. Man trank Kaffee und einen Likör, den Frau Kempke mitgebracht hatte. Ehe es Abend wurde, hatte Frau Hempel erfahren, dass man für etwas weniger, als alle ihre Sparkassenbücher zusammen betrugen, diese ganze Schönheit mit Gegenwart und Zukunft kaufen konnte. Man hatte auch davon gesprochen, dass ein Schuhmacher hier ein reicher Mann werden müsse, denn er würde die Stiefel aller Badegäste in Ordnung stellen können. Und im Winter, wenn man hier eine Eisbahn eröffnete, noch mehr Stiefel unter die Finger bekommen.

Man konnte schwindlig werden von der Fülle dieser Glücksmöglichkeiten, und Frau Hempel wurde übel, wie wenn sie zu viel Kartoffelpuffer gegessen hätte, was leicht einmal geschah, weil sie ihr Lieblingsgericht waren.

Als die Sonne schräg stand und Frau Kempke zum Aufbruch mahnte, sagte Frau Hempel, dass sie vielleicht einen Käufer wisse, sie werde in drei Tagen Bescheid geben.

Zu Haus wurde Frau Hempel mit Freude empfangen. Hempel hatte an diesem Tage, wo er alles allein zu versehen hatte, wieder einmal gemerkt, wie viel seine Frau zwischen Morgen und Abend zu schaffen hatte.

Frau Hempel entledigte sich schweigend der kostbarsten Teile ihres Sonntagsstaates, und dann schnitt sie sich eine dicke Brotschnitte ab, die sie mit geübter Hand voll Schweineschmalz strich. Erst als sie einen großen Bissen im Mund hatte, sagte sie, es sei schade, dass Hempel nicht hatte mitkommen können. Es gab viel Schönes zu sehen. Hempel hämmerte an einem Holzpantoffel und sagte, dass er sich nicht um anderer Leute Stiefel kümmere und er es drollig fände, dass sie nur aus Neugier am Wochentag aufs Land führe. Aber wenn sie ihren Spaß dabei gefunden hätte, wär's ja gut.

Frau Hempel biss ruhig noch einmal in die große Schnitte und begann dann zu erzählen.

Hempel hob den Kopf, und der Hammer klopfte langsam. Die Schilderung der bunten Badeanstalt und des klaren Sees, des freundlichen Häuschens und der vielen frischen Luft, die da überall ringsherum war, erregten allmählich seine Anteilnahme.

»Und weißt du, wer das Ganze kaufen wird?«, fragte Lina plötzlich. »Ich.« Sie stand auf und schlug mit der Faust auf den Tisch, dass das Brotmesser in die Höhe schnellte wie ein sterbender Fisch.

»Lina«, schrie Hempel, »bist du verrückt geworden? Wir Kellerratten?!«

»Ja«, schrie Lina, »wir Kellerratten. Wir wollen endlich Luft und Sonne haben. Wir wollen nicht mehr jeden anlächeln, der uns nachts aus dem Schlaf klingelt. Ich will nicht mehr. Ich will nicht, dass mein Kind das Sonntagsvergnügen eines Herrchens wird. Ich will's nicht, ich will's nicht.«

Sie sank auf einen Stuhl, ihre Stimme war heiser geworden, und sie begann laut zu schluchzen.

Hempel war aufgestanden. Er zitterte an seinem ganzen elenden Körper, Schritt für Schritt näherte er sich ihr, und schließlich wagte er es doch, mit seinen mageren, gebogenen Fingern über ihre breiten, harten Hände zu fahren, dieses starke Werkzeug, das alles geschafft hatte. –

Ehrlicher Tränen schämt man sich. Als sich Frau Hempel

ihrer bewusst wurde, stand sie rasch auf und trocknete sich flink diese unangenehme Feuchtigkeit aus dem Gesicht. Dann ging sie an die Kommode, bückte sich und holte ihre gehaltvolle kleine Bibliothek hervor. Hempel musste sich setzen, als sie darin zu blättern begann und diese Heerscharen von Ziffern und Nullen an seinen flimmernden Augen vorbeimarschierten.

»Linechen, wie ist das nur möglich gewesen?«, murmelte er.

»Jetzt wundere ich mich auch«, sagte Lina und lächelte ein weiches, glückliches Lächeln.

»Es will gar nicht in meinen Kopf hinein«, sagte Hempel und sah ganz hilflos aus.

Sie sprachen noch viel miteinander. Hempel hatte Angst, dass er Schwimmlehrer werden müsse. Aber Lina beruhigte ihn und sagte, dass er weiter bei seinen Leisten bleiben könne. Frau Godowsky würde ihr alles erklären, und sie traue es sich schon zu, die nasse Wassergeschichte in Betrieb zu bekommen.

»Bin ich hier fertig geworden, werde ich es auch da werden«, sagte sie. »Die Menschen kenn' ich nun.«

Dann plauderten sie weiter. Laura sollte an der Kasse sitzen, in den niedlichen Blusen, und mit feinen blanken Fingernägeln Billette austeilen und Geld einnehmen. Später, wenn das Weltetablissement erst im Schwung wäre – Hempels Wunderpark oder so ähnlich werde man es nennen müssen –, werde das Geld in Massen zusammenströmen. Und wieder später, wenn man das Ganze mit Riesengewinn verkauft hätte und Laura längst als Dame mit Mann und Kindern lebte, könnte man sich irgendwo eine Villa kaufen und seine Tage in Ruhe beschließen.

So redeten sie bis spät in die Nacht hinein, bis sie sich schließlich gar nicht mehr bewusst waren, dass diese reichen Leute, deren Schicksal sie hier formten und kneteten, sie selber waren. –

Den kommenden Sonntag nutzten Hempel und Laura, um hinauszufahren und alles in Augenschein zu nehmen.

Dann sollte endgültig beraten werden.

Frau Hempel saß allein vor dem Haus, und während sie die von Staub umwirbelten Menschen betrachtete, verfolgte sie die beiden auf ihrer Fahrt. Jetzt gingen sie wohl den sandigen Weg zwischen den knospenden Bäumen, der vom Bahnhof zum See führte, und sahen schon mit erstaunten Augen die bunt bemalte Badeanstalt.

Dann sann sie wieder auf Namen für den großen Vergnügungspark. So flogen die Stunden dahin.

Sie war gerade mit dem Gasanzünden im Gartenhause fertig, als sie sie kommen hörte, und eilig lief sie über den Hof, den Anzünder wie eine brennende Fackel schwingend.

Sie waren beide sehr zufrieden. Hempel sah ganz flott und verjüngt aus. Er hatte einen grünen Zweig an dem Hut und eine Wiesenblume im Knopfloch.

»Ach, Linechen«, sagte er, »ein Glas Bier ist doch erst ein Glas Bier, wenn man's im Freien trinkt.«

Laura hatte glänzende Augen.

Sie hatte im See die Frösche musizieren hören, und das hatte sie an einen schönen Sommertag erinnert.

»Wenn wir da wirklich wohnen könnten, Mutter«, sagte sie und umarmte sie und gab ihr einen festen Kuss. »Aber da musst du erst auf der Polizei angeben, wohin wir ziehen, damit, wer uns sucht, uns auch findet«, setzte sie dann hinzu und gab der Mutter noch einen Kuss.

So fügte sich eins zum anderen, damit Frau Hempel das neue Eheglück der Witwe fördern half. Man erklärte ihr den Betrieb von Schwimmanstalt und Eisbahn. Sie unterschrieb den Kontrakt und gab schließlich mit dem ganzen Mut ihres Herzens alle die kleinen, unberührt sauberen Heftchen hin, bis auf ein einziges. –

Man plant viel, aber was man tut, hat man niemals gewollt.

Jedem großen Geschehnis folgt ein Rückschlag. Frau Hempel wurde schweigsam. Wo auch im Hause sie war, sah sie die leere Stelle in dem Kommodenschub vor sich. Es wurde ihr nicht recht klar, dass sie nun dafür ein Stück Wiese mit einem See und einem Hause auf dieser Erde besaß. Noch war auch keine Zeit, darüber nachzudenken. Ehe sie ihren alten Posten verlassen durfte, sollte das ganze Haus von vorn und hinten gründlich geputzt und gescheuert werden.

Als sie Herrn Bombach um ihre Entlassung gebeten hatte, weil sie die Besitzerin einer Schwimmanstalt geworden war, hatte er sich solche Scherze verbeten und mehr Respekt verlangt.

Frau Hempel erwiderte, sie glaube schon, dass es Herrn Bombach schwerfalle, etwas zu glauben, das nicht alle Tage vorkäme, aber was wahr sei, sei wahr. Er könne es schwarz auf weiß lesen. Dann bat sie ihn, früher ziehen zu dürfen, falls sich Ersatz für sie finden würde.

Herr Bombach war außer sich über diese Störung des regelmäßigen Lebens.

»Man soll niemanden für gewissenhaft halten«, rief er, als er zu Minchen ins Zimmer kam, die gerade ihren Frühlingsgefühlen nachgab und in einem Reiseführer blätterte. Auch sie erschrak, als sie die sonderbare Neuigkeit erfuhr. Würde ihnen die Reise dieses Jahres gut bekommen können? Werden sie nicht in beständiger Unruhe sein, wenn sie das Haus in fremden Händen zurücklassen müssten? Es war Herrn Bombach klar, dass die monatliche Bezahlung von fünfzig Mark, die er Hempels außer der freien Wohnung gewährt hatte, zu hoch gewesen war. Er beschloss, dem neuen Portier keinesfalls mehr als vierzig Mark zu geben. Die Aussicht auf diese kleine Ersparnis brachte ihn schließlich wieder ins Gleichgewicht. Denn jeder Charakter hat seine eigene Waage, um seinen Besitzer in der Balance zu halten. –

Frau Hempel forschte in der Nachbarschaft nach einer

Ablösung. Kein Mensch ist unersetzlich, und eines Tages kam in der Dämmerstunde eine große, breite, kräftige Frau und sagte, dass sie die besten Empfehlungen habe und gern die Nachfolgerin von Frau Hempel werden wollte. Diese musterte ihr Gegenstück und wusste sofort, dass sie dieser mächtigen Gestalt irgendwann einmal, einen sehr unangenehmen Augenblick lang, gegenübergestanden hatte. Die Frau begann unter diesem forschenden Blick zu lächeln und sagte, dass Frau Hempel ihr jene Meinungsverschiedenheit von damals nicht nachtragen solle, denn auch in ihrem Berufe sei es schwer, es jedermann recht zu machen. Da entsann sich Frau Hempel. Es war die Wahrsagerin.

»Werden Sie denn genug Zeit für das Haus übrig haben?«, fragte sie. »Es ist sehr groß. Viel Zeit zum Sitzen und Kartenlegen bleibt da nicht.«

Die andere nickte. Sie war ernst geworden und sagte, dass die Polizei ihren Beruf sehr erschwere. Wahrscheinlich, weil sie selbst alles besser wissen wolle.

»Ich werde Zeit genug für dieses große Gebäude haben«, sagte sie traurig.

Frau Hempel wollte vor allen Dingen bald frei werden und schlug darum vor, dass sie zusammen zum Wirt gehen könnten.

»Das mit der Wahrsagerei brauchen Sie ihm ja nicht auf die Nase zu binden«, sagte sie.

»Da haben Sie recht. Das ist schließlich meine Privatsache«, antwortete die andere. Dann stiegen sie schweigend die beiden Treppen hinauf.

Herr und Frau Bombach nahmen ihre Brillen aus dem Futteral und schalteten ihre zweite Jugend auf eine halbe Stunde aus.

Das Format der Frau gefiel ihnen, weil sie es von Frau Hempel her so gewohnt waren. Mit dem herabgesetzten Preis von vierzig Mark wollte sich die große Frau begnügen, was auch zufriedenstellend war.

Man fragte nun nach ihrem Mann. Sie sagte, er wäre klein, aber tüchtig. Nur hätte er leider vor einigen Jahren ein Bein durch ein übereiliges Automobil verloren. Aber der Besitzer des Kraftwagens war ein Mann mit großem Vermögen. Er hatte ihm zwei Holzbeine machen lassen, eins für die Woche und eins für den Sonntag, und ihm eine jährliche Rente ausgesetzt. Davon lebten sie jetzt. Als sie sich verheirateten, hatte er Hühneraugen geschnitten.

Herr Bombach schüttelte den Kopf. Er war Gewohnheitsmensch. Es wäre ihm lieber gewesen, wenn der Mann zwei Beine gehabt hätte und Schuster gewesen wäre. Er sagte das auch der Frau.

Diese erwiderte, dass kein Mensch für sein Unglück könne und dass nichts ganz so sei, wie man es sich wünscht. Und schließlich hätte der Mann doch einen ähnlichen Beruf gehabt wie Herr Hempel, indem er sich auch mit den Füßen der Leute beschäftigt hatte.

Die Frau verstand zu reden, und Frau Hempel fürchtete schon, dass Herr Bombach erraten würde, dass er eine Wahrsagerin vor sich habe.

Als sie nun selbst um ihre Meinung gefragt wurde, sagte sie ehrlich aus, dass sie über die Frau nichts anderes gehört habe, als dass alles, was sie sage, wahr sei.

Bombachs überlegten es sich drei Tage. Sie ließen sich auch den Mann zur Ansicht kommen, und dann stellten sie das Paar als Hausverwalter an.

Die tüchtige Frau hatte dieses Ergebnis schon nach der ersten Unterredung geweissagt. Ohne eine besondere Vergütung dafür zu nehmen, sagte sie zu Frau Hempel:

»Passen Sie auf, das wird etwas.« Auch als sie die angenehme Nachricht von Herrn Bombach erfuhr, gab sie eine Gratisprobe ihres geheimen Berufs und prophezeite ihm, dass er seinen Entschluss niemals bereuen werde.

Ja, wenn man immer wüsste, wer vor einem steht. –

Noch zwei Wochen, und Hempels sollten frei sein. Von früh bis spät abends wirtschaftete Frau Hempel mit Scheuertuch und Wassereimer durchs Haus. Am Sonntagmorgen aber machte sie sich fein und fuhr zu Lauras Dienstherrschaft, um Lauras Dienst zu kündigen. Laura hatte sie darum gebeten, weil sie selbst nicht den Mut dazu fand.

Sie nahm die Straßenbahn. Um diese Stunde war sie noch niemals unterwegs gewesen. Die Wagen waren nicht überfüllt, und alles sah noch blank und frisch aus, wie der neue Sonntag selbst. Sie fand es wunderhübsch, bequem auf seinem Platz sitzen zu können zwischen festlich gekleideten Menschen. Durch alle Scheiben fiel die Sonne. Die Straßen waren ruhig. Klingelnd sauste die Bahn ihren Weg. Viele der Mitfahrenden hatten in der Hand schwarze, kleine Lederbücher mit dem Kreuz in Gold darauf. Sie fuhren also in die Kirche. Frau Hempel dachte, dass es recht nett sein müsse, wenn man so viel Zeit übrig und keine Arbeit auf das Kreuz gebuckelt hätte, um in seinen guten Kleidern still im Halbdunkel der Kirche sitzen zu können und die Orgel spielen zu hören. Vielleicht würde sie dazu nun auch bald imstande sein. Dass man damit auch gleich dem lieben Herrgott eine Freude machen wollte, schien ihr beinahe zu viel des Guten auf einmal. –

Als sie bei der Herrschaft ihrer Tochter anlangte, war die gnädige Frau gerade aus dem Bade gestiegen und wurde von Fräulein Hammerspecht frisiert. Laura hatte ebenfalls zu tun. Frau Hempel wurde gebeten, in der Küche Platz zu nehmen.

Nach einer Weile kam Ida durch die Tür. Frau Hempel erinnerte sich im gleichen Augenblick, dass ihr Laura erzählt hatte, wie traurig und verändert Ida jetzt sei.

Das Mädchen erschrak sichtlich, als sie Frau Hempel unvermutet vorfand, zwang sich aber zu einem Lächeln und sagte:

»Sieht man sich auch einmal wieder?«

Sie trug eine weite, lange Ärmelschürze, die sie sehr breit

machte, und ihr Gesicht, das früher rund gewesen war, noch spitzer erscheinen ließ.

Frau Hempel sah sie voll Mitleid an.

»Wo fehlt's denn, Idachen?«, fragte sie. »Wissen Sie noch, wie lustig wir waren, als wir das neue Bett für Bombachs Erben aufstellten?«

Ida nickte und sagte ohne Lächeln:

»Ja, solch ein Kinderbett, man hat's manchmal schneller nötig, als man glaubt.«

Und plötzlich brach sie in Tränen aus und setzte sich Frau Hempel gegenüber. Mit erschreckten Augen sah diese auf den braunen Lockenkopf, der vor ihr auf dem Tisch lag, auf den gebeugten Rücken, der vom Weinen geschüttelt wurde.

Das Sprachrohr klingelte heftig, und die gnädige Frau ließ Frau Hempel ins Zimmer bitten.

»Wenn Sie sich nicht zu helfen wissen, denken Sie an mich«, rief Frau Hempel schnell und eilte hinaus.

Als Frau Leutnant Frau Hempels närrische Botschaft hörte, wurde sie noch ärgerlicher, als sie es ohnedies an jedem Sonntagmorgen war, denn da war der Hausherr dienstfrei, und es gab immer denselben kleinen Streit. In der Ehe wird eben alles leicht zur Gewohnheit. Jedesmal sagte der junge Ehemann, sobald Fräulein Hammerspecht klappernd auftrat, dass seine Mutter siebzig Jahre alt sei und sich noch selbst frisiere. Jedesmal antwortete die junge Gattin, dass sie herzlich bedauerte, dass er nicht seinesgleichen geheiratet habe. Sie trällerte dann: ein Mädchen, edel, aber arm, und dennoch tugendhaft. Das war das Signal dafür, dass Herr Oberleutnant für den Vormittag im Rauchzimmer verschwand. Eben war die Tür hinter ihm ins Schloss gefallen.

»Was in aller Welt wollen Sie mit einer Badeanstalt?«, rief die gnädige Frau, die in einem tiefen Lehnstuhl lag. »Woher haben Sie denn das Geld dazu?«

»Nicht gestohlen, gnädige Frau«, sagte Frau Hempel und

merkte, dass man in Glacéhandschuhen nicht die Faust ballen konnte.

»Ich finde es höchst undankbar, dass Laura nicht bei mir bleibt und mir diese Unbequemlichkeit macht.«

Frau Hempel sagte, dass es nicht Lauras Schuld wäre, und dass sie als Mutter es so wünschte, weil ein Kind zu seinen Eltern gehöre.

Aber die Unterhaltung wurde erregter und gespannter, und sie endete damit, dass die gnädige Frau ausrief, dass Laura ebenso gut heute gehen könne als in vierzehn Tagen. Sie danke für die Nähe eines solchen rücksichtslosen Wesens.

Lauras Sachen waren rasch gepackt. Ein Dienstmann sollte sie am anderen Tage holen. Als sie auf die Treppe traten, sagte Frau Hempel zwischen den Zähnen hindurch zu Laura:

»Wenn du jetzt heulst, kriegst du eine Ohrfeige«, und lächelnd gingen sie an der Portierfrau vorüber.

So war Laura auch aus ihrem zweiten Posten hinausgeworfen worden, und es schien wirklich, wie wenn sie nicht zum Dienstmädchen geboren wäre. –

Jedenfalls konnte Frau Hempel jetzt ihre Hilfe brauchen. Die Tage gingen im Fluge, und rasch war der Augenblick da, wo alles, was diese lange Reihe von Jahren im Keller gestanden hatte, verschnürt auf der Straße stand und auf einen Wagen geladen wurde.

Frau Hempel, halb schon im Kleid einer Hauseigentümerin, halb noch mit der Schürze ihres bisherigen Amts bekleidet, fegte noch geschwind den letzten Staub aus den leeren Kellerräumen. Sie wollte ein reines Andenken hinterlassen. Die neuen Mieter, ihre Nachfolger, warteten schon. Und der kleine, aber tüchtige Mann hatte sein Reserveholzbein bereits behutsam in einen Kellerwinkel gestellt, weil man mit guten Sachen vorsichtig sein muss.

Nachdem der Wagen mit dem Hausgerät abgefahren war, nahmen auch Hempels Abschied.

Trennung verschönt. Wie hübsch und fein und neu sah das große Haus aus, wo sie während so vieler Jahre glücklich gewesen waren. Oben grüßten Herr und Frau Bombach, die, durch einen leichten Tränenflor gesehen, noch nicht die schlechtesten Brotgeber waren, unten winkten die große Wahrsagerin und ihr kleiner Mann.

Als sie um die Ecke biegen mussten und das Haus ihren Blicken verschwand, sagte Hempel:

»Es muss eine gruslige Sache sein, einen Schuh für einen Holzfuß zu machen.«

Alle drei sprachen sehr lebhaft und ohne sich anzusehen von der Abscheulichkeit der Holzbeine. Bis sie endlich im Zug saßen und ruhiger wurden und sich wieder auf das neue zu freuen begannen.

Man kann aus jedem Holze Brücken bauen.

Das Leben ist eine Serie von Überraschungen.

Als Hempels am anderen Morgen Fenster und Türen ihres neuen Häuschens öffneten, um sich einzurichten und sich an der schönen Landluft zu erfreuen, quoll ihnen ein furchtbarer Geruch entgegen. Es stellte sich heraus, dass ein Bauer hinter ihrem Gärtchen eine große Fuhre Mist angefahren hatte, die er jetzt auf sein Feld gabelte, wo er Kohl pflanzen wollte.

Man merkt erst auf dem Land, dass man Großstädter geworden ist.

Der Bauer sah die Stadtleute, die ihm über sein natürliches Tun Vorwürfe machten, wortlos an und löffelte weiter in seiner duftenden Brühe. Schließlich sagte er freundlich und ruhig, dass dieser Duft das gesündeste von der Welt sei und er sich jede Nacht zwei gefüllte Kübel davon neben sein Bett stelle, um gute Luft zu atmen. Er könne auch ihnen nichts Besseres raten und wolle den neuen Nachbarn gern davon abgeben.

Da der Geschmack auch bei einfachen Leuten verschieden ist, dankten Hempels. Auch hatten sie anderes zu tun, als ihrer Gesundheit zu leben. Alles musste aufs geschwindeste eingerichtet werden. Man war im Mai. Jeder Tag konnte die ersten Gäste bringen. Frau Hempel und Laura arbeiteten tüchtig im Haus. Hempel pflanzte Schnittlauch und Petersilie, wobei ihm das Bücken recht schwer schien.

Weiße nette Gardinen flogen an die kleinen Scheiben, blanke Töpfe auf den Herd, saubere Decken über die Betten. Die alten Möbel sahen im Tageslicht neu und anders aus als in der Kellerdämmerung. Sie waren fremd und doch vertraut, wie Herrschaften, die einen langen Sommer verreist gewesen waren. In Lauras Stübchen aber stand eine neue, hellgelbe Kommode, zu der Laura immer wieder hinlief, um sie sich anzuschauen. Sie schien ihr schöner als alle Möbel, von denen sie jemals den Staub gewischt hatte, und sie benutzte jeden freien Augenblick, um darin zu kramen. Oben auf der gehäkelten Decke stand im kleinen Blechrahmen ein Bild des Kaisers, vor ihm lag wie die Vornehmheit selbst der ledergebundene gräfliche Goethe. Frau Hempel hatte ihn vorsichtig in die Hand genommen, daran gerochen und dann die Aufschrift gelesen.

»Den kenn' ich«, sagte sie, »den habe ich oft abgewaschen. Bombachs haben ihn in Gips oben auf dem Bücherschrank.« Sie legte das Buch zurück, ohne zu fragen, wie es in Lauras Besitz gekommen war.

Nun aßen sie die erste Suppe und die ersten Kartoffeln am eigenen Herd. Die Stille während des Essens machte sie fast verlegen.

Wie ruhig die Teller vor einem stehen, als ob es überhaupt keine elektrischen Bahnen gäbe, sagte Frau Hempel, während sie eine heiße Kartoffel schälte.

»Ich bin neugierig, wie der erste Badegast aussehen wird«, sagte Laura und wiegte den Kopf.

In demselben Augenblick klopfte jemand mit dem Stock gegen die verschlossene Tür, heftig, wie wenn das Schicksal selber draußen stünde.

»Ich glaube, das ist er«, sagte Hempel. Er zitterte vor Schreck.

Durch die Gardinen sah man einen älteren Herrn mit blauer Brille und einem schwarzgrauen Spitzbart stehen.

Es war der erste Badegast.

»Hä, hä«, sagte er und stocherte mit dem Stock in die Luft. »Ich rieche es zehn Kilometer weit, wenn die Badeanstalt eröffnet ist. Nun hinein ins Wasser.«

Schon war er hinter der bunten Bretterwand der Herrenabteilung verschwunden.

Frau Hempel hatte von Frau Godowsky gelernt, dass kein Gast allein in der Anstalt bleiben dürfte. Der Bademeister aber sollte erst morgen kommen. Der einzige Mann war Hempel. Leider zeigte er sich wenig männlich. Er kroch vor Schreck in sich zusammen und sagte kläglich:

»Wenn der fremde Herr badet, soll ich zusehen. Das ist eine Unanständigkeit.«

»Das ist polizeiliche Vorschrift«, sagte Frau Hempel energisch und schob ihn hinter die bunte Bretterwand.

»Entschuldigen Sie nur vielmals«, sagte Hempel rot und verlegen, als er hineingeflogen kam, und zog tief die Mütze ab. Aber der Herr tauchte und sah und hörte nichts. Als er sein Bad beendet hatte, gab er seine Badesachen zur Aufbewahrung und schrieb sich als Dr. Simrock, Stammgast, ein. –

Am Abend machten Hempels noch eine Bekanntschaft, das heißt eigentlich erneuerten sie nur eine vom Morgen.

Aber Menschen sehen anders aus zu verschiedenen Tageszeiten. Es war der kohlbauende Bauer, der jetzt, im sauberen Rock und mit einer Pfeife im Mund, auf ihr Haus zugeschlendert kam. Man beobachtete sich schweigend, denn der Bauer war einige Schritte vor Hempels stehengeblieben, die vor dem Haus saßen. Nach einer Weile sagte er:

»Schöner Feierabend heute Abend.«

Hempels bejahten es höflich im Dreiklang.

»Ja, der Godowsky ist weg. Das ist kein großer Schaden«, fing der Bauer wieder an, tat einen langen Pfeifenzug und kam einige Schritte näher. Er befand sich in einer schwierigen Lage. Seine Frau hatte ihn ausgeschickt, um die Neuen auszuforschen. Wenn die Bekanntschaft gemacht war, wollte sie selbst nachkommen. Sie war sehr vergnügungssüchtig, weil sie einst bessere Zeiten gesehen hatte.

Dies erfuhren Hempels bald von dem Ehemann, der schließlich neben ihnen saß. Auch seinen Namen sagte er. Er hieß Speck. Hempel, der sein Pfeifchen mit Tabak stopfte, den ihm der neue Bekannte geboten hatte, meinte, dass dies ein saftiger Name sei.

Der andere lachte geschmeichelt und antwortete, dass es schade sei, dass man seinen Namen nicht anknabbern könne. Sie hätten schon Jahre gehabt, wo sie das gern getan hätten. Somit kam er auf die Frau zu sprechen und erzählte, dass sie bessere Zeiten gesehen hätte, weil sie vor der Hochzeit Probiermamsell gewesen wäre. Hempels fragten höflich, was sie denn vor ihrer Verheiratung probiert hätte, und er sagte: allerhand. Meistens Mäntel. Man hörte Schritte, und da kam Frau Speck selbst. In der Dunkelheit des Abends konnte man nicht viel von ihr sehen. Sie roch ein wenig nach gepflanztem Kohl, aber sagte wie eine Dame der feinsten Gesellschaft, dass es ihr eine Ehre und Freude sei, die neuen Herrschaften kennenzulernen. Sie hatte Laura für einen Sommergast gehalten, dem man ein Zimmer abvermietet hatte, und durch diese Verwechslung stieg sie sehr in Frau Hempels Achtung.

Eine kleine Schmeichelei ist der beste Grundstein für eine Freundschaft.

Der andere Morgen brachte den Bademeister. Er war ein Fünfziger, ernst und bartlos, und hieß Herr Otto.

Man wurde schnell bekannt.

Als er aus Frau Hempels großer Kaffeekanne eingeschenkt bekam, erzählte er von seinem wechselvollen Leben. Er war Heizer, Maurer und Taucher gewesen, und seit einigen Jahren bekleidete er die Stelle eines Pflegers in einem Irrenhaus. Er bewachte die Dauerbäder, denn Wasser war sein Lieblingselement. Darum war er im Sommer gern Bademeister, weil das der schönen Jahreszeit angemessener war. Luftiger und lustiger, obgleich es ihm in der Anstalt auch nicht schlecht gefiel und der Unterschied zwischen Verrückten und anderen lange nicht so groß wäre, wie man aus einem allgemeinen Vorurteil annimmt.

Herr Otto machte einen sehr weltmännischen Eindruck. Er war auf eine Zeitung abonniert, rauchte Zigarren und gab Herrn Hempel drei Paar Stiefel auf einmal zum Ausbessern.

Ihm zu Ehren wurde am Nachmittag die schwarz-weiß-rote Fahne gehisst, an der Laura vom frühen Morgen an genäht hatte, wobei sie jubelnd sang und an Krieger, Soldaten, Kaiser und Grafen dachte.

Eigentlich hätte dieses Banner auf dem Bombachschen Hause wehen müssen, denn es war aus einem alten Stück Flaggentuch entstanden, das Frau Bombach einmal ihrer Portiersfrau geschenkt hatte. Die Schäden der Zeit waren in dem schwarzen Streifen mit dem Stoffrest eines Regenschirms geflickt, der einst Herrn Bankdirektor vor Nässe geschützt hatte, und die Löcher im weißen Felde hatte ein abgelegtes Betttuch der Frau Konsulin stopfen müssen.

Aber als die Fahne widerstandslos an der blau getünchten Stange hinaufgesaust war und von oben herab auf ihre Urheber sah, war sie so recht ein Beispiel dafür, dass man jemandem, der in die Höhe gekommen ist, nicht mehr ansieht, woher er stammt. Sie war ein wunderschönes, schmuckes Fähnchen, das jedem Kaiser zu Ehren hätte flattern können.

Hempels, die Nachbarn Speck und Herr Otto sahen bewundernd zu ihr auf.

»Wer auch da oben sein könnte«, sagte Laura.

Der Bademeister prophezeite einen guten Sommer, weil sie ohne Stocken hinaufgeflogen war.

Man glaubte ihm gern und vertraute ihm auch sonst.

Er richtete die Rechnungsbücher ein und setzte die Inserate auf, die nötig waren, um die Pächter für das Weltetablissement zu gewinnen, das man inzwischen »die Wunderwiese« getauft hatte. Dabei war er ein bescheidener Mann. Er begnügte sich mit einem Bretterverschlag neben der Badeanstalt, an dessen Wänden er als einzigen Schmuck die Fotografien einiger dankbarer Patienten aus der Irrenanstalt angeheftet hatte.

Frau Hempel fuhr in die Stadt, um seine schön geschriebenen Inserate an einem der vielen Schalter der großen Zeitungsbüros abzugeben. Der junge Mann hinter dem lackierten Drahtnetz las ernsthaft Wort für Wort, steckte dann den Kopf hervor wie eine Schildkröte und fragte:

»Soll es genau so groß gedruckt werden, gnädige Frau?«

Die gnädige Frau nickte stumm. Ihr fehlten im Augenblick die angemessenen Worte.

Aber die höflichsten Menschen sind nicht immer die edelsten. Schon einen Augenblick später steckte der junge Mann wieder den Kopf hervor und verlangte hundert Mark von der gnädigen Frau.

Frau Hempel zuckte zusammen und wurde wieder Frau Hempel.

»Für ein paar lumpige gedruckte Buchstaben so viel Geld? Eine ganze Zeitung kann man für fünf Pfennig kaufen. Da suchen Sie sich einen anderen Dummen aus«, rief sie empört und griff nach Herrn Ottos hübschen Schriftstückchen, um sie wieder in den Pompadour zu stecken.

Der Herr hinter dem Netz war nicht übelnehmerisch, er entwand ihr sanft das Blatt, sagte, dass man es eben in kleinerem Druck bringen müsse, und schließlich einigte man sich auf die Hälfte des Preises. Aber als der Herr ihr die Quittung überreichte, sagte er:

»Hier, Frau Hempel.«

Umsonst ist nichts. Titulationen wollen verdient oder bezahlt sein. –

Lumpige schwarze Buchstaben hatte Frau Hempel die Anzeige gescholten, die sie in die Zeitung gesetzt hatte. Es ist sich noch mancher der großen Bedeutung von Gutenbergs Erfindung nicht voll bewusst. Hempels sollte reiche Aufklärung werden.

Am anderen Tage um sieben Uhr morgens, als Frau Hempel in der Morgenkühle mit Laura Badeanstalt und Garten gefegt hatte und das Haus wieder schloss, um sich nun am Küchentisch die Semmel in den warmen Kaffee zu brocken, klopfte es an die Scheiben, und eine dünne Stimme rief:

»Wohnt hier der Wunderwiesen-Hempel?«

Man sah niemanden am Fenster und glaubte, dass es ein frecher Spott der Bauernjungen war. Aber nach einer Minute der Erwartung klopfte es wieder, und die dünne Stimme fistelte aufs neue:

»Ist da jemand? Hier sind Prinz Konrad und die berühmte Prinzessin Pauline.«

Zu gleicher Zeit stampften schwere Schritte um die Ecke, und eine grobe Stimme brüllte:

»Seid ihr Flöhe schon wieder früher da als ich?«

Ein riesiger Schatten hob sich vor der neuen Blumengardine des Fensters ab.

Draußen standen sich Max, der Riese, und Prinz Konrad, der Kleinwüchsige, zornig gegenüber. Sie kannten sich aus dem Panoptikum, wo sie vor Jahren die Glanznummer desselben Programms gebildet hatten. Schon damals hatte ihnen gegenseitiger Neid das Leben versauert. Der Riese ärgerte sich über die Zierlichkeit des Kleinen, die auch die täglichen Ausgaben verkleinerte, und der Zwerg hasste den Großen, dessen Gestalt schon allein Aufsehen erregte und so erstaunlich viel Platz im Weltenraum einnahm.

Hempels kamen heraus und starrten erschrocken auf das ungleiche Paar, zwischen denen eine zierlich geputzte Puppe mit einem gelblichen alten Frauengesicht Frieden zu stiften versuchte. Sie klopfte mit einem kleinen roten Sonnenschirm von einem zum anderen und piepste ängstlich:

»Aber meine Herren, die Wunderwiese wird Raum für alle haben. Geduld, Geduld.«

Es war Prinzessin Pauline, Konrads Frau und Geschäftsteilhaberin.

Plötzlich drehte sich der Riese um und trat auf Frau Hempel zu. Die wurde sehr bleich, wich aber um keinen Schritt zurück. Unter der blauen Schürze hielt sie das Küchenbeil fest in den zitternden Händen. Hinter ihr standen Laura und der Vater. Der Riese aber lächelte, zog tief den großen Hut und sagte:

»Verehrte Dame, wo wohnt die Familie Hempel?«

Es tut immer wohl, wenn große Männer lächeln. Die allgemeine Erregung legte sich. Frau Hempel legte das Küchenbeil wieder an seinen Platz neben den Herd, und Herr Otto führte die Herrschaften auf die Wiese. Sie wollten sie sich ansehen, sich Plätze aussuchen und dann Preise vorschlagen. Laura, die sich wie ein Kind im Puppentheater vergnügte, wollte gerne mitlaufen. Aber Frau Hempel gab ihr eine Schüssel voll Kartoffeln zu schälen und setzte sie damit in die Küche. Das Volk da war kein Umgang für eine künftige Dame.

Aber sie hatte nicht bedacht, dass jede halbe Stunde ein neuer Eisenbahnzug aus der Stadt vorüberkam und eine Minute hielt. In einer Minute kann viel geschehen.

Ein kurzer Lokomotivenpfiff schrillte in der Ferne, und bald darauf sah man zwischen den hellgrünen Baumreihen bunte Punkte nah und näher kommen.

Es waren zwei Herren und zwei Damen im lebhaften Gespräch. Weiter hinter ihnen schritt eine schlanke Elegante mit einem Blechkoffer in der Rechten.

Laura ließ die wenigen geschälten Kartoffeln gleichgültig zwischen die ungeputzten erdigen purzeln, presste die Nase gegen die Scheiben und rief freudig:

»Wirklich, sie kommen zu uns.«

Sie klatschte vor Freude in die Hände, ihre Augen strahlten. Das war ein Tag, bunt und voll sonderbarer Überraschungen, wie man ihn sich gar nicht schöner austräumen konnte. Sie drehte sich zur Mutter und fragte erregt:

»Wie oft wird unsere Wiese denn in der Zeitung stehen?«

»Siebenmal«, antwortete Frau Hempel und spähte ebenfalls über den Weg.

Hinter ihnen wurde die Tür aufgerissen, und Hempel stürzte herein.

»Mütterchen«, rief er, »was hast du nur angestellt? Ein leibhaftiger Afrikaner ist dabei mit ganz hellgelben neuen Schuhen.«

»Na ja doch«, sagte Frau Hempel, »das wussten wir doch früher, dass es Afrikaner und hellgelbe Schuhe gibt. Deswegen kannst du wohl die Tür zumachen, wir können mit den Leuten auch durchs Fenster verhandeln.«

Und Hempel verriegelte sogar die Tür, wie wenn es Nacht werden sollte.

Der Schwarze verbeugte sich und stellte eine der Damen als seine junge Frau vor: die weltbekannte Fee Melusine.

Sein Begleiter, ein untersetzter, breitschultriger Mann, erklärte mit heiserer Stimme die andere, etwas üppigere Schlanke als seine Gattin: die berühmte Löwenbraut Tusnelda.

Beide Herren wollten einen Teil der Wunderwiese pachten.

Der Afrikaner brauchte nicht mehr Erde, als nötig war, um einen Brunnen aufzubauen. Auf dem Boden desselben würde die Fee Melusine für fünfundzwanzig Pfennige Entree tanzen. Der kleine Breitschultrige brauchte etwas mehr Platz, da er einen Löwenkäfig aufstellen musste, worin die Löwenbraut ahnungslos auf Papierrosen schlief, während der Löwe in den Käfig geschlichen kam.

Frau Hempel, die bisher schweigend zugehört hatte, schüttelte hier heftig den Kopf und sagte energisch:

»Damit ist nichts zu machen hier. Solches Tier will ich nicht in der Nähe haben.«

Der heisere Mann verbeugte sich und sagte mit beruhigendem Lächeln:

»Keine Bange, meine Dame. Der Löwe bin ich«, und er stieß einige Laute aus, die dem mähnenreichsten und mächtigsten König der Wüste zur Ehre gereicht hätten.

Dies Geheul beruhigte Hempel, aber es hatte eine andere, unbeabsichtigte Wirkung. Auf der sandigen Straße blitzte ein Schutzmannshelm auf, der von Minute zu Minute größer und deutlicher wurde.

Inzwischen aber war auch die einzelne Dame herangekommen und hatte den Blechkasten vor das Haus gestellt. Sie reichte eine wunderhübsche Ansichtskarte durchs Fenster, aus der sie im rosa Trikot, von Schlangen umringelt, abgebildet war. Hempels hatten Kleopatra, die Schlangenkönigin, vor sich. Der Blechkasten enthielt ihr Arbeitsmaterial, fünf schöne Klapperschlangen, die sie mit sich genommen hatte, weil sie fürchtete, dass der Gerichtsvollzieher bei ihr vorsprechen könnte, während sie fort war. Sie wollte nur eine kleine Bretterbude aufschlagen, denn sie konnte nicht mehr als zehn Pfennige Eintrittsgeld nehmen, trotzdem die Schlangen sehr gefräßig waren.

Herr Otto, der jetzt mit dem Riesen und den Zwergen von der Wiese zurückkehrte, wollte die neue Führung übernehmen, aber in diesem Augenblick bog der Schutzmann um die Ecke. Er war ein kräftiger, breiter Mann, der seine Uniform wie ein Stück Mauer ausfüllte. Seine Stirn war gerunzelt, und seine buschigen Augenbrauen waren streng emporgezogen. Man hätte sich vor ihm fürchten können, aber die Art, mit der sein Helm auf einem Ohr saß, ließ hoffen, dass er auch Nachsicht üben konnte, zumal der netten Weiblichkeit gegenüber.

Er stemmte die Fäuste auf die breiten Hüften und sagte:

»Was ist denn hier los? Das sieht ja wie ein entsprungener Zirkus aus.«

Aber dabei zwinkerte er mit den Augen des Gesetzes ein ganz wenig nach der Brunnenfee Melusine, die ihm zulächelte.

Man erklärte ihm nun, um was es sich handelte, und Herr Otto flüsterte Frau Hempel ins Ohr, dass sie dem Gewaltigen etwas Stärkendes anbieten sollte. Man muss der Gerechtigkeit etwas nachhelfen. Die bunten Leute erklärten dem Uniformierten, dass sie in Paris, London und Amerika gewesen seien und genau wüssten, wie sie sich der Polizei gegenüber zu benehmen hätten. Aber erst müssten sie über den Pachtpreis verhandeln. Schreibend und messend verschwanden sie mit lautem Gezeter in Richtung der Wunderwiese.

Eine Flasche Kümmel, ein Geschenk von Kempkes, wurde entkorkt. Der Schutzmann sagte »Prost«, trank ein Gläschen und sagte dann, während er mit dem Säbel auf die Blechkiste mit den Schlangen klopfte:

»Was ist denn das für eine Tortenschachtel?«

Laura schrie auf und erklärte ihm, was da drin verborgen sei.

»Donnerwetter noch einmal«, sagte der Uniformierte und trat schnell einen Schritt zurück.

Laura lachte. Sie saß auf dem Fensterbrett und wiegte sich dort wie auf einer Schaukel.

Der Schutzmann sah sie an und fragte, worüber das Fräulein so vergnügt sei und ob sie schon einen Bräutigam habe.

Sie antwortete, dass ihn das nichts anginge, da man dergleichen nicht polizeilich anzumelden brauchte.

Er lachte und kam einige Schritte näher. Sie gefiel ihm bei jedem Schritt mehr. Er wollte nur wissen, ob sie ihre Lippen auch sonst so geschickt zu handhaben verstand. Er spitzte dabei den Mund und erklärte, dass er nicht nur ein königlicher Beamter, sondern auch ein Mann sei.

Laura meinte, dass sie sich immer gedacht habe, dass ein Schutzmann ein Mann sei.

Frau Hempel, die draußen im Grünen die Wunderwiese unter die schreienden Berühmtheiten in Teile aufteilte wie einen Napfkuchen, sah mit Beruhigung, dass bei Laura noch der Schutzmann war. Sie hatte wieder einen Lokomotivenpfiff gehört. Sie war jetzt auch auf Tiger und Elefanten gefasst. Es kam aber nur ein Mann mit drei zahmen Affen.

Der Schutzmann strich den Schnurrbart und verabschiedete sich.

»Wir sehen uns wieder, mein schönes Fräulein«, sagte er und ging den Weg hinaus zum Bahnhof.

Laura schloss das Fenster und begann bei Gesang die Kartoffeln zu schälen. Der Schutzmann war ein drolliger Mann gewesen. –

Am Abend dieses bunten Tages saßen Hempels in schweigender Erregung vor dem Haus und sannen den neuen Eindrücken nach. Hempel suchte sich die Beschaffenheit der Schuhe von jedem Besucher ins Gedächtnis zu rufen. Spangenschuhe, Lackspitzen hatte er gesehen, aber auch viele Absätze, die schief waren.

Frau Hempel addierte. Ihre Finger bewegten sich, als spiele sie auf einem großen, unsichtbaren Klavier.

Laura dachte, wer wohl einem solchen Schutzmann die vielen Knöpfe seiner Uniform blank putzen möge. Sinnend sah sie zum Himmel auf. Da fand sie den glitzernden Wagen über ihrer Stirne, und ihre Gedanken sprangen weit von hier fort.

Am Tage vergisst man manchmal die Sterne.

Es wurde heiß. Die Sonne rückte näher und rief alles auf die Sommerplätze.

Vom Weg zum Bahnhof, der eine blühende Lindenallee geworden, kam nach jedem Lokomotivenpfiff ein Trupp Badegäste angerückt. Herr Otto sprang in gestreiftem Trikot zwischen tauchenden Jungen, springenden Jünglingen und bedächtig badenden Männern umher. Frau Hempel jagte im hellblauen Kattunkleid und weißer Schürze geschäftig über die nassen Planken, rieb dicke Damen trocken, frottierte frierende dünne, half Unbeholfenen ins Wasser, schalt Schulmädchen, die mit Wasser spritzten, neckte Ängstliche, schalt Tollkühne und war niemals müßig.

Aus der Wunderwiese aber klopfte und hämmerte es.

Am Sonntag sollte sie eröffnet werden.

Männer in Hemdärmeln und Frauen mit zerzausten Haaren stritten und schrien durcheinander. Zwischen hell bemalten Brettern und bunten Vorhängen mit Goldflanzen.

Unter ihnen stand der große Schutzmann mit dem Schnauzbart, sah sich die Berühmtheiten im Privatzustand an und dachte, dass Frauen sehr verschiedenartig aussehen können. Er war nicht gut gelaunt. Die Tochter der tüchtigen Frau Hempel wollte ihm nicht mehr aus dem Sinn kommen. Er wusste nicht, aus welchem Grunde er immer an sie denken musste. Er wollte sie wiedersehen und sprechen, um herauszufinden, ob irgendetwas Besonderes an ihr sei. Stirnrunzelnd grübelte er, wie er das am besten anfangen könnte.

Der Himmel hilft immer noch solchen ehrlichen Herzen.

Am Abend sauste plötzlich ein Platzregen auf das glühende Land, und der Schutzmann musste in Hempels Küche

Unterschlupf suchen. Seinen Helm unter dem Arm, saß er auf einem kleinen Schemel und starrte auf Laura, die sich neben dem Herdfeuer wiegte wie Aschenbrödel aus dem Kinematographen und Schoten pellte.

Am Fenster hämmerte Hempel an der sonderbarsten Bestellung seines Lebens. Er machte ein paar Stulpenstiefel für den ersten Liebhaber des Affentheaters, den Schimpansen Bolo den Schönen.

Im Nebenzimmer murmelte Frau Hempel wie ein katholischer Priester. Sie zählte die Kasse.

Draußen rauschte der Mairegen.

Der Schutzmann brach das Schweigen und fragte, ob Fräulein Laura denn schon wisse, wie er heiße. Sein Name sei Paul Degenbrecht.

Laura lachte und sagte, dass es gut sei, dass Schutzmänner verschiedene Namen hätten, denn aussehen täten sie doch einer wie der andere.

Degenbrecht strich den Schnurrbart in die Höhe und meinte, so ganz gleich wären sie doch nicht alle, und sie solle ihn sich einmal richtig ansehen.

Aber Laura fand, dass das nicht nötig sei. Sie wisse sehr genau, wie ein Schutzmann aussehe.

Nach einer Weile, wo nichts zu hören war als der Regen draußen und das Aufspringen der Schotenhülsen in Lauras Händen, fragte der Schutzmann, ob das Fräulein das schöne Lied kenne: »Nur einmal blüht im Jahr der Mai, nur einmal im Herzen die Liebe.«

Laura schüttelte den Kopf.

Sie kannte es nicht. Aber es gefiel ihr sehr gut, und es mochte schon etwas Wahres daran sein. Plötzlich wurde sie traurig und vergaß ihre Arbeit.

Der Schutzmann beobachtete sie in stummer Bewunderung. Er hätte sich nicht gewundert, wenn sie mit einem Mal verschwunden gewesen wäre, um ebenso schnell als Königin gekleidet wieder da zu sitzen. – Er hatte den Winter hindurch Abenddienst im Kinematographen gehabt.

Aber der Film des Lebens klappt nicht nur angenehme Bilder. Frau Hempel kam herein und sagte freundlich:

»Herr Wachtmeister, es regnet nicht mehr.«

Schutzmann Degenbrecht stand auf, zog den Rock straff, schnallte den Säbelgurt fester, wünschte allen eine gute Nacht und ging.

Frau Hempel zündete die Lampe an. Laura verließ ihren Platz am Herd, um den Tisch zu decken.

Draußen regnete es aufs neue.

Aus dem kleinen Haus fiel ein heller Lichtschein in das regenfeuchte Dunkel. Ehe der Schutzmann um die Ecke bog, sah er sich noch einmal um.

Er dachte, wenn er Bademeister geworden wäre statt Schutzmann, könnte er dort der zarten Laura gegenübersitzen. Statt dessen musste er sich jetzt im rauschenden Regen auf dem durchnässten Platz vor dem Bahnhof aufstellen, um das Flimmern der Laternen zu beobachten, die das einzige waren, das sich bei solchem Wetter dort regte.

Man kann nicht vorsichtig genug in der Wahl seines Berufes sein.

K ein Großvater konnte sich solchen heißen Sommers entsinnen. Herr Otto und Specks waren sich einig darüber, dass Hempels ungewöhnliches Glück hatten und übermütig vor Freude sein müssten.

Andere Leute wissen immer besser, wie es uns geht, als wir selbst.

Frau Hempels einzige Empfindung dieser Tage war die Angst, dass die Sonne noch näher rücken konnte. Wenn sie spätabends erschöpft auf einen Stuhl sank, blickte sie misstrauisch zu dem Himmel auf, der sich endlich zu verdunkeln begann, und sagte, dass sie nicht gewusst hätte, dass die Sonne so nah kommen könne. Vielleicht sollte die Welt untergehen.

Aber Herr Otto, der trotz aller Arbeitsfülle die Zeitung las, erklärte ihr, dass es vor hundertundsechs Jahren noch heißer gewesen wäre, ohne dass die Erde dabei Schaden genommen hätte. –

Der See glich einer guten Bouillon mit Fettaugen. Aber unermüdlich kamen die erhitzten Großstädter, um sich mit Jubelgeschrei hineinzuwerfen.

Hempel hämmerte zwischen zwei Bretterwänden neben dem Eingang schiefe Absätze gerade, im Schweiße seines Angesichts. Es wurde ihm erst jetzt klar, auf wie schiefen Füßen alles lief und stand.

Laura saß an der Kasse, ihr Kopf hob sich auf dem schlanken Hals, den ein Spitzenkragen frei ließ, wie eine Blume über dem hellgrünen Zahlbrett ab. Sie sah nichts anderes als heiße Hände, die Nickelstücke auf das Holz warfen.

Hinter ihr dudelte der laute Lärm der Wunderwiese, Drehorgeln leierten ineinander, Trompetenstöße schmetterten. Sie hörte das Surren der Schaukeln und das Geklingel der Karussellglocken.

Aber es hieß aufmerksam zu sein beim Zählen und Wechseln und die Wunderwiese zu vergessen.

Dicht neben der Kasse stand Schutzmann Degenbrecht und bewachte viele Stunden des Tages das Gedränge vor dem Zahlbrett, obwohl das nicht zu seinen Dienstvorschriften gehörte.

Es ist immer schön, wenn jemand mehr tut, als sein Beruf von ihm verlangt.

Fest und stämmig stand er auf seinen kräftigen Beinsäulen und sah scharf zu, dass keine der vielen heißen Hände den Schätzen der Kassiererin zu nahe kam.

Laura hatte wenig Zeit für ihn übrig. Nur selten tauschten sie einige kurze Sätze miteinander.

Er fragte sie, ob sie überhaupt wisse, dass er da sei.

Sie antwortete, dass man jemanden auch sehen könne, ohne mit ihm zu sprechen.

Nach einiger Zeit sagte er, dass es ungewöhnlich heiß sei.

Sie erwiderte, dass sie das ebenfalls finde und dass ihn der Helm gewiss in der Sonne drücke.

Sein rotes Gesicht wurde breit vor Freude, und er sagte bald darauf, dass es noch etwas Heißeres gäbe als die Sonne.

Laura sagte, dass sie sich das nicht denken könne. –

Am Mittsommertag erkundigte sich Schutzmann Degenbrecht, ob Laura auch wisse, dass heute Sonntag und der längste Tag im Jahre sei.

Laura wechselte gerade ein größeres Geldstück und antwortete erst nach einer Weile, dass sie wisse, dass Sonntag sei, aber nicht, dass dieser Tag besonders lang werden sollte. Dann würde sie auch länger als sonst an der Kasse sitzen müssen.

Der Schutzmann machte ihr darauf den Vorschlag, am Nachmittag einmal ihrem Vater die Kasse zu überlassen. Heute kämen doch alle in den neuen Sonntagsschuhen, deren Absätze sie erst schief laufen mussten, und somit könnte er sein Schusterwerkzeug auf ein paar Stunden an den Nagel hängen.

Laura meinte, dass sie nicht zugucken wollte, wenn ihre Eltern arbeiteten.

Das wäre auch gar nicht nötig, erwiderte hierauf der Schutzmann. Sie könne derweil unter seinem Schutze die Wunderwiese besuchen.

Laura antwortete darauf gar nichts.

Nach recht langer Zeit sagte sie, dass sie die Wunderwiese sehr gern einmal im vollen Gange sehen möchte. Der Schutzmann holte seine große Nickeluhr aus der Tasche und sagte, dass er jetzt nach Frohndorf in Dienst müsse. Bis sechs Uhr hatte er den Verkehr am Bahnhof zu regeln, dann aber bekäme er Ablösung und Urlaub. Um sieben Uhr wollte er wieder hier sein und nachschauen, ob Fräulein Laura ebenfalls freie Zeit habe. Er salutierte und verschwand. –

Am Nachmittag saß Hempel im schwarzen Sonntagsanzug an der Kasse, und die Stammgäste neckten ihn und sagten, dass sich das Fräulein seit gestern sehr verändert habe.

Er aber war nur darauf bedacht, jedem richtig herauszugeben, und dachte schwitzend: »Was um Himmelswillen will Linechen mit allem diesem Gelde machen?«

Frau Hempel hatte nichts dagegen gehabt, dass Laura einmal aus dem Kassenkasten kroch und sich ein wenig auf der Wiese tummelte. Wenn es unter dem sicheren Schutz eines soliden Schutzmanns geschehen konnte.

Laura hatte ein zartes weißes Kleid angezogen, das ihre ganze Zierlichkeit zur Geltung brachte. Auf das hellbraune Haar hatte sie den feinen Sommerhut gesetzt, den im vergangenen Jahr Frau Leutnant ihrer Zofe geschenkt hatte.

So spähte sie vor der Haustür nach den blanken Knöpfen des Schutzmanns.

Wie erschrak sie, als plötzlich ein riesiger Mensch, der einen schwarzen Feiertagsanzug aus den Nähten zu sprengen drohte, vor ihr haltmachte, lächelnd einen kleinen Strohhut zog und fragte, ob Fräulein Laura bereit sei. –

Schon ein fehlender Knopf kann viel verschulden. Hier aber vermisste man zwei ganze Reihen blanker Knöpfe.

Laura war mit ihnen auch das Blanke der Sonntagsfreude geschwunden. Das hier war ein Mann wie alle anderen. Wo war die Uniform, die Würde gab und von weitem alle Prügelnden auseinanderstob? Wo war der blinkende Helm?

Sehr schweigsam schritt sie neben dem großen Schwarzrock der Wunderwiese zu. Schutzmann Degenbrecht bemerkte nichts. Große Freude macht uns blind gegen den Verdruss der Welt. Er war zufrieden mit Lauras Aussehen.

Im Trubel der Musik wurde Laura wieder fröhlicher. Man

erkannte sie und ihren Begleiter an jeder Bude, und wie regierende Fürsten durften sie überall aus- und eingehen, ohne zu zahlen.

Laura spürte, dass sich die Welt drehte, als sie zehnmal auf einem Karussellpferd herumgeschwenkt war.

Sie schritten nun zu Melusine, der weltberühmten Brunnenfee.

Der Afrikaner verkaufte die Karten vor dem Brunnen, wo man sich drängte und puffte. Tief unten tanzte Melisande.

Der Schutzmann beugte sich zuerst herunter und begann behaglich zu schmunzeln.

»Lächelt sie beim Tanzen?«, fragte Laura.

»Das kann man nicht wissen«, erwiderte Degenbrecht. Er sprach die Wahrheit. Obwohl man genug von Melisanden sah, konnte man dies nicht bemerken. Denn sie tanzte auf dem Kopf; ein Spiegelbild der Wahrheit. Immer wieder beugten sich neue Gesichter lächelnd über den Brunnenrand. Neugier ist der Anfang aller Menschenkenntnis.

Tusnelda, die Löwenbraut, wollte Laura nicht sehen, weil sie den Löwen persönlich kannte. Dagegen zog es sie nach der Mitte der Wiese, wo der große Fesselballon hin und her wogte und atembeklemmend an dem schweren Anker zerrte, der seinen Flug hinderte.

Jetzt stieg er langsam in die Höhe. Laura folgte mit langgestrecktem Halse dem Fluge des sich wiegenden Ballons. Immer höher schwebte er. Um besser sehen zu können, trat sie einige Schritte zurück, wobei sie sich einem Herrn auf die Füße stellte.

Der Herr sagte: »Verzeihung, gnädiges Fräulein.« Aber als Laura sich verlegen lächelnd umwandte, sah sie, dass es Graf Egon von Prillberg gewesen war, den sie mit Füßen getreten hatte.

Er musterte den breitschultrigen Begleiter des jungen Mädchens, bis dieser verlegen wurde, sich verbeugte, die Hand salutierend an den Strohhut legte und »Schutzmann Degenbrecht, Revier Frohndorf« schnarrte.

Der Graf lüftete höflich den Hut und sagte: »Von Prillberg.«

»Hoho«, schnalzte der Schutzmann beehrt und fragte, ob der Herr mit ihm und Fräulein Laura eine Gratisfahrt in die Lüfte machen wollte, denn sie hätten hier alles umsonst.

Der Ballon senkte sich jetzt, und im Gedränge der auseinanderspringenden Menge erfuhr Graf Egon, dass alles dies, Wiese wie Badeanstalt, Hempels gehörte.

Er dankte liebenswürdig für die Einladung, die er nicht annehmen konnte, weil er jetzt in die Stadt zurück müsste. Doch wollte er bald an einem anderen Tage wiederkommen. Er grüßte noch einmal zurück, dann verschwand er im Gewühl des sich wieder zusammenschließenden Menschenknäuels.

Laura sagte, dass sie nach Hause gehen wolle. Sie hätte mehr gesehen, als sie erwartet hätte.

Die ungeheure Sonne schien aller Atem aussaugen zu wollen.

Auch die praktischsten Leute hatten oft die Augen am Himmel und sahen ins Blaue. Jeder wartete auf ein Gewitter.

Das Wasser in Hempels Badeanstalt verringerte sich von Tag zu Tag, wie wenn ein Riese nächtens daraus schnapste. Aber die Zahl der Badegäste nahm zu.

Auch Graf Egon beschloss, den freien Nachmittag des Sonnabends zu benutzen, um Hempels See und was dazugehörte in Augenschein zu nehmen.

Dieses Jahr, das seit dem Tode seines Vaters verflossen war, hatte ihn ein gutes Stück in seiner Laufbahn vorwärts gebracht, und obgleich seine Mutter jeden Morgen beim Frühstück bitterlich klagte, dass er ein einem Grafen ganz unwürdiges Leben führen müsste, war sein Lebensmut doch mit der Höhe seines Einkommens gestiegen. –

Heiteren Sinnes schwang er sich auf einen schon ins Rollen gekommenen Zug, der nach Frohndorf ging. Er nahm einen Fensterplatz ein, und ganz im Bewusstsein des Adlers in seinem Wappen holte er seine Zigarettentasche hervor, um bei einer guten Zigarette die Fahrt ins Freie zu genießen. Aber ehe noch das Streichholz aufflammte, flüsterte jemand, ob das nicht der Graf aus dem Hinterhaus sei. Unangenehm berührt blickte er auf und bemerkte, dass er dieses Wagenabteil mit Bombachs teilte. Herr und Frau Bombach saßen in neuen hellen Sommerkleidern, aus denen ihre Gesichter verblichen und abgenutzt lächelten, zu beiden Seiten ihres kleinen, breiten Jungen, der mit denselben runden Augen wie sein Vater sein Gegenüber musterte.

Man grüßte sich.

Um die Eltern nicht anzusehen, richtete Graf Egon seinen Blick auf den Kleinen. Er erinnerte sich, dass Laura dieses Kind in seinen ersten Lebenstagen gepflegt hatte, und wunderte sich, dass es nicht niedlicher aussah.

Herr Bombach war seinen Blicken gefolgt und sagte stolz: »Der hat sich herausgemacht, wie?«

Der Graf nickte beistimmend. Er sah den kleinen Bombach zum erstenmal.

»Wie geht es Ihnen denn jetzt?«, fragte Frau Minchen im Tone gesellschaftlichen Beileids.

»Ich danke«, sagte der Graf, »man hat Freude an der Arbeit, wenn sie Frucht trägt.«

Bombachs verstanden, außerdem hatten sie inzwischen das gute Geflecht seines Panamahutes bemerkt.

»Da hat Ihre arme Mutter nun wohl ein Dienstmädchen?«, fragte Frau Minchen.

Der Graf gab dies zu. Herr Bombach erzählte, dass ihn die Mieter bei dieser Hitze bankrott duschten und dass, wie auch das Wetter sei, die Bemittelten den Schaden trügen. Heutzutage hätte es nur gut, wer nichts hat.

Im weiteren Geplauder erfuhr man, dass man dasselbe Ziel hatte. Bombachs wollten sehen, wie es ihren früheren Portierleuten ging. Herr Bombach glaubte nicht, dass sie diese Sache durchhalten konnten, und wollte sie, falls es ihnen schlecht ging, wieder zurück ins Haus haben. Er war mit seinen neuen Hausverwaltern sehr unzufrieden. Die Frau hatte sich als Wahrsagerin entpuppt, die ihm alle Rohrbrüche schon wochenlang vorher prophezeie, was seinem Nervensystem sehr schlecht bekomme.

Als man in Frohndorf ausstieg, mussten Bombachs, ihrem kleinen Jungen zuliebe, ein paar Schritt vom Weg gehen. Natur lässt sich nicht unterdrücken.

Graf Egon benutzte dies, um sich zu verabschieden …

An der Kasse saß Laura und wartete wie alle anderen auf das Gewitter.

Eine schmale Männerhand zahlte mit einem Zwanzigmarkstück, das gewechselt werden sollte.

Laura sah auf.

»Es ist ja ganz wunderhübsch hier«, sagte der Graf und sah dabei auf Lauras weißen Hals.

Laura sagte errötend, dass es noch schöner gewesen sei, als der See voll Wasser gewesen war. Aber der Graf meinte, dass es für ihn noch ausreichen werde, und er hätte gewiss noch mehr Angenehmes zu sagen gewusst, wenn er nicht Bombachs hinter sich gesehen hätte. So nahm er den Rest seines Geldes und ging.

Herr Bombach hob Hans Friedrich hoch und hielt ihn vor das Kassenfenster, damit Laura sein Wachstum bewundern könne. Dann fragte er, ob sie mit ihrer Einnahme zufrieden wäre. Laura aber war ganz erschreckt über diese zweite überraschende Begegnung und wusste nichts Vernünftiges zu sagen.

Schutzmann Degenbrecht bemerkte die Verlegenheit auf ihrem hübschen Gesicht und trat mit einem großen Schritt hinzu.

»Weitergehen«, sagte er kurz.

Bombachs verschwanden zu beiden Seiten der bunten Bretter. Den Kleinen nahm Frau Bombach mit sich. –

Sobald Herr Bombach in der Badehose war, suchte er nach dem Grafen, um etwas ausführlicher zu erfahren, inwieweit seine Arbeit jetzt früchtereicher sei.

Aber der Graf schwamm dauernd unter Wasser. So versuchte er mit dem Bademeister zu plaudern, um etwas über den hiesigen Geschäftsgang zu hören. Aber dieser hatte keine Zeit dazu, weil man ihn' stets von mehreren Seiten zu gleicher Zeit rief. Herr Bombach sagte, dass das Baden bei solcher Überfüllung kein Vergnügen sei, und zog sich wieder an. –

Frau Hempel wurde sehr verlegen, als sie ihre frühere Hauswirtin vor sich sah. Sie öffnete für sie die beste Zelle mit dem größten Spiegel und dem Kleiderhaken aus Nickel, holte die weichsten Handtücher und den feinsten Anzug herbei, bediente sie aufs untertänigste und war taub geworden für das Schreien der anderen. Man glaubte bald, dass die Dame eine hochgestellte Persönlichkeit und Hans Friedrich ein kleiner Prinz sei.

»Wunderschön steht ihm der große Kopf«, sagten die kleinen Ladenmädchen im Wasser und zeigten auf den etwas unförmigen Schädel des kleinen Bombach, der sie mit kindlicher Freude beobachtete.

Frau Bombach klagte über Frau Hempels Nachfolgerin. Sie wahrsagte und legte Karten und machte das ganze Haus verrückt.

Frau Hempel zuckte bedauernd die Achseln und meinte dann, man müsse eben überall ein Auge zudrücken, irgendwo hapere es schließlich bei jedem Menschen.

Auch die Aufrichtigkeit muss ihre Grenzen haben. Frau Bombach zog sich in ihre Zelle zurück und schloss sie ab.

Sie tauchte nur einen Augenblick lang mit ihrem Söhnchen bis zur Hälfte ins Wasser, dann kleidete sie sich wieder an und ging.

Als sie fort war, wollten alle wissen, wer die Dame gewesen sei. Aber Frau Hempel sagte nichts. Nun waren alle überzeugt davon, zusammen mit einer wirklichen Prinzessin gebadet zu haben. Alles Glück liegt in unserer Einbildung. –

Ehe sich Bombachs, wieder vereint, der Wunderwiese zuwandten, wechselte der Hausbesitzer noch einige gütige Worte mit Hempel.

Der stand ehrerbietig auf, als er den früheren Herrn unvermutet vor sich sah, und verbeugte sich, so gut es der enge Raum gestattete.

Auf der Wunderwiese zahlte Herr Bombach viermal das Eintrittsgeld, um Melisanden auf dem Kopfe stehen zu sehen. Als Minchen ihn beim fünften Mal begleiten wollte, sagte er, dass es sich für sie nicht lohne hinunterzublicken, weil gar nichts Besonderes zu sehen sei, und sie gingen weiter. Herr Bombach bestieg mit Hans Friedrich ein Karussell, um allen Zuschauern seine junge Vaterschaft zu beweisen. Davon wurde ihm sehr übel, und missmutig nahmen sie den staubigen Weg zum Bahnhof zurück. Es sah nicht so aus, als ob es Hempels schlecht ginge, und als sie die Fahrkarten genommen hatten und auf den Zug warteten, sagte Bombach:

»Ich glaube, mit diesen Leuten sind wir fertig.«

Um den rötlich schimmernden See schlich der zärtliche Juniabend.

Mit Eintritt der Dunkelheit sollte die Anstalt geschlossen werden, aber Schutzmann Degenbrecht fand es noch hell, denn er sah auf Lauras weißen Hals. So klappte immer noch Geld auf das Kassenbrett.

Als der Graf aus der Badeanstalt trat, blieb er neben dem

Schutzmann stehen und erneuerte die Bekanntschaft, indem er ihm eine Zigarre anbot. Dieser verbeugte sich stramm und steckte die Zigarre in die Ärmelklappe. Graf Egon fragte, ob er sich noch seiner Einladung für den Fesselballon entsinne.

Der Schutzmann zog den Rock straff und sah zu Laura, ob sie diese Ehre bemerke. Die bemerkte sie.

Als man sie fragte, wie sie über den morgigen Sonntag dächte, meinte sie, dass der Vater vielleicht wieder die Kasse übernehmen würde. Über ihr Gesicht lief ein Schein der Abendröte.

Der Graf verabschiedete sich, um morgen wiederzukommen. Die Sonne war verschwunden. Die Kasse wurde geschlossen.

Als alle um den Abendtisch saßen, sagte Frau Hempel: »Was aber sagt ihr zu Bombachs?«

Laura sah erstaunt auf. Sie hatte es ganz vergessen, dass auch Bombachs da gewesen waren.

Hempel schüttelte den Kopf.

»Ich möchte nicht wieder zurück«, sagte er, und er hob die Hand, wie wenn er die nahe Rechte Linechens streicheln wollte. Aber dann fand er, dass sie doch nicht nahe genug war, und ließ die Hand wieder langsam sinken.

A ber Frau Hempel hatte Laura nicht erlaubt, die Wunderwiese wieder zu besuchen. Sie meinte, dass das allzu viele Wundern den jungen Mädchen nicht zuträglich sei.

Graf Prillberg musste allein mit dem Schutzmann in die Lüfte steigen. Was seinen Absichten nicht ganz entsprach. Dort dauerte der Flug nicht lange, weil sich ein Gewitter zusammenballte.

Wünsche erfüllen sich meist im falschen Augenblick.

Am Sonntagnachmittag waren wenige mit diesem Wettersturz zufrieden, aber Gewitter kommen nun einmal gegen den Wind.

In den Lärm der Drehorgeln, Glöckchen und Trompeten rollte schwer der erste Donner hinein, der zweite und dritte. Blitze blendeten die Augen der Löwenbraut, gleisten selbst in Melisandens Tiefe und ließen sie Tanz und Brunnen hinter sich lassen.

Die vielen Zuschauer, die durcheinander liefen und Schutz suchten, konnten sich bald davon überzeugen, dass der Afrikaner waschecht war. Ein Prasselregen sauste nieder, der mit Peitschenhieben alle bis auf die Haut durchnässte, über die sich bäumenden Karussellpferde und die Glücksschätze der Würfelbuden wurden Leinwandfetzen geworfen, und nach wenigen Augenblicken war die Wiese nichts weiter mehr als eine große schlammige Pfütze voll Segelwracken.

Schutzmann Degenbrecht wusste für sich und seinen Begleiter keine bessere Zuflucht als Hempels Küche.

Hier roch es wunderschön nach Kaffee und Zichorie, und am Herd stand Laura.

Frau Hempel begrüßte den Grafen ohne besondere Herzlichkeit. Aber als er von früheren Zeiten zu reden anfing, kam sie doch mit ihm ins Gespräch. Der Schutzmann rühmte den schönen Kaffeegeruch. Frau Hempel ließ Laura die guten Tasten mit dem Goldrand aus dem Schrank holen und schenkte ein. Bald saß man gemütlich um den Tisch, während draußen die Donner krachten.

Graf Egon sagte, wenn er das voraus gewusst hätte, würde er einen schönen, großen Napfkuchen aus der Großstadt mitgebracht haben, und meinte, dass er das eigentlich am nächsten Sonntag nachholen würde.

Frau Hempel wollte ihn nicht beleidigen. Außerdem aß sie Napfkuchen sehr gern. So riet sie ihm, den Kuchen bei dem Bäcker neben Bombachs Haus zu kaufen.

Am nächsten Sonntag brachte der junge Graf einen großen, schweren Kuchen. Er war vom Hofkonditor gegenüber dem Königlichen Schlosse.

Als man ihn kostete, erzählte der Graf, dass ihm die Luft hier außerordentlich gut tue und dass er sehr gern jeden Abend herauskommen möchte.

Frau Hempel hatte im Mund ein zu großes Stück des prächtigen Napfkuchens und konnte es ihm nicht untersagen. Auch gefiel er ihr. Man konnte nicht leugnen, dass er ein Herr war und sich als solcher benahm. Wie schön hatte er schon damals mit ihrer Laura von den Sternen gesprochen. Nicht anders hatte er gestern erzählt, dass der Kaffee auf Bäumen wachse, wovon ihn pechschwarze Afrikaner herunterholten. Alle Tage hatte sie Kaffee getrunken, ohne zu wissen, wer eigentlich die Bohnen mache. Er hatte ihr trotzdem geschmeckt, aber jetzt genoss sie ihn Schluck für Schluck und dachte an die wilden, fremden Länder, aus denen er kam.

Umgang bereichert den Verstand. Wenigstens kann man das verlangen. Wenn der Schutzmann ins Reden kam, wusste er nichts anderes zu erzählen, als dass seine Mutter immer gesagt hatte: Junge, so viel Schmalzstullen wie du verschlingt kein zweiter Bengel auf der Welt. Frau Hempel aber hatte Sinn für Besseres.

Hempel stimmte wie immer auch hierin ganz mit seiner Frau überein. Der Graf war ein feiner Mann.

Er hatte Hempel erzählt, dass der erste Schuster ein Heiliger geworden sei und mit einem Glorienschein im Himmel herumspaziere. Er war ein tüchtiger und auch ein guter Mann gewesen, der Leder gestohlen habe, um den Armen Schuhe daraus zu machen.

Schutzmann Degenbrecht meinte, das müsse sehr lange her sein, wer heute Leder stehle, komme erst einmal ganz woanders hin als in den Himmel.

Aber Hempel meinte, dass sei ein Geschichtchen, das man alle Tage hören könne. –

So war es ganz von selbst gekommen, dass der Graf ein gern gesehener Gast an Hempels Gartentisch wurde, wo sich jeden Abend nach des Tages Last ein kleiner Kreis zusammenfand, um die Ruhe des Abends zu genießen. Da waren Specks, der Bademeister, Schutzmann Degenbrecht und dann und wann kam auch Herr Fabian, der Löwe, dazu. Er sah nicht froh aus und klagte, dass das Fell des Wüstenkönigs in diesen heißen Tagen kein geeignetes Kostüm sei. Auch auf Tusnelda schalt er, mit der er nun seit acht Jahren verheiratet war, ohne dass sie ihm gefiel. Aber sie hatten nun einmal das Geschäft miteinander, das Fell war teuer gewesen.

»Geschäft ist eben Geschäft«, sagte er seufzend und sah wehmütig zu Laura herüber.

Laura scherzte meist mit dem Schutzmann, der vor Glück und Hitze strahlte. Er sah nur Laura. Den feinen Herrn mit den dünnen Knöchelchen beachtete er wenig. Wenn er wieder ein gutes Späßchen gemacht zu haben glaubte, lachte er laut und lange, zog den Rock mit den Knöpfen und den Tressen stramm, setzte sich fester auf den Stuhl, der unter der Wucht seiner Schenkel knarrte und krachte, und strich sich den Schnurrbart. Es war nicht schwer zu erraten, wem hier ein Mädchen den Vorzug geben musste.

Wir täuschen uns selbst leichter als andere.

Auch Laura war überzeugt davon, dass Graf Egon nicht ahnen könne, an wen sie in diesen weichen Sommernächten dachte. Aber dieser war sich klar, dass die Zarte keinen wirklichen Gefallen an dieser Menschenmauer in Uniform finden konnte.

Er fragte Laura, warum sie immer einen Schutzmann neben sich habe. Ob sie fürchte, dass ihr Herz gestohlen würde.

Sie antwortete, dass er es ganz richtig erraten habe. Herr Otto läse ihr jeden Morgen aus der Zeitung vor, wie viele schlechte Menschen es gibt.

Der Graf wollte wissen, ob sie auch ihn für diebisch halte.

Sie sagte nein. Denn er habe täglich so viel mit Gold und Geld zu tun, dass ihm nichts gelegen sein könne an einem leeren Herzen.

Der Schutzmann lachte laut auf und schlug sich vor Vergnügen auf die Knie.

»Wenn das Herzchen nun aber nicht mehr leer ist?«, fragte er blinzelnd.

»Was sollte denn drinnen sein?«, fragte Laura zurück und sah ihn an.

Da wurde er verlegen, kratzte sich unter dem Helm und wusste nichts zu sagen.

Erst nach einer ganzen Weile sagte er, dass Laura viel zu hochmütig wäre und nie im Leben einen Kuss kriegen werde.

Der Graf sagte, dass er das ebenfalls glaube.

Herr Otto, der wie alle Zeitungsleser über alles Bescheid wusste, sagte, dass in Amerika das Küssen polizeilich verboten sei.

Der Schutzmann runzelte die Stirn und erklärte bestimmt, dass dies hier im Lande nicht der Fall sei. Sein Reglement enthalte keine derartigen Vorschriften. Er faltete noch heftiger die glatte Bahn seiner Stirn zusammen und brummte:

»Was zu viel ist, ist zu viel.«

Es gibt Lebenslagen, wo selbst ein Schutzmann wütend werden kann auf die Polizei.

Der Juli siedete weiter. Es gab Tage, wo Hempels um die Mittagsstunden glauben konnten, allein auf dieser heißen Welt zu sein. Kein Atem rührte sich. Die Luft stand still, erfüllt von dem Duft gerösteter Kiefernadeln. Der See lag unbeweglich wie ein Stück schmutziges Glas, das man ins Grün geworfen. In diesen Stunden kam niemand. Die Menschen waren zu matt geworden, um sich zu wehren. Sie verbargen sich in den dunklen Häusern vor der Macht dieses gewaltigen gelben Balls, der nahe wie ein Luftschiff über ihren Dächern rollte.

An einem solchen stillen Mittag klopfte es unvermutet an das Fenster, das man geschlossen hatte, um Hitze und Fliegen auszusperren. Es war eine Frau mit einem kleinen Kinde auf dem Arm. Erst als man die Tür öffnete und zu ihr heraustrat, erkannte man, dass es Ida war. Die kraushaarige, gutmütige Ida, Bombachs einstige Köchin und Lauras Gefährtin in Frau Leutnants aufgeregtem Haushalt. Sie hatte das Gesicht einer alternden Frau bekommen, und Laura schluchzte plötzlich laut auf, schlang ihre Arme um Idas Hals und küsste sie.

Davon begann das Kind zu schreien, über Idas gelbliches Gesicht glitt ein sanftes, glückliches Lächeln, sie drehte den Kopf zu Frau Hempel und sagte:

»Ein Junge von acht Pfund.«

Es war Ida nicht gut gegangen. Heute morgen hatte sie das Krankenhaus verlassen. Aber sie schämte sich vor den Menschen. Da war ihr Frau Hempel eingefallen.

Frau Hempel unterbrach sie und sagte, dass sie wie gerufen käme, um ihr als Bademädchen zu helfen. Das Haus hatte noch eine kleine Kammer, aus der sich mit gutem Willen ein Stübchen machen ließ. –

Als der Feierabend kam und der Schutzmann mit Soldatenschritten auf das kleine Haus zumarschiert kam, saß Laura in der Abendsonne und wiegte ein kleines Kind auf dem Schoß.

Der Schutzmann räusperte sich und fragte nach einer Weile, ob das ein Findelkind wäre.

Laura sagte, ein Schutzmann müsste doch einem Kinde ansehen können, woher es komme, und hielt es ihm dicht vor die erstaunten Augen. Er prallte zurück, wie wenn ihn jemand mit Steinen bewerfen wollte, und Laura fragte lachend, ob er kleine Kinder nicht leiden möge.

Da bog der Graf um die Ecke. Er wurde rot im Gesicht, als er Laura mit dem Kind im Arm sah.

Dann lachte er und beugte sich herab, um das Kind ein wenig unter der Nase zu kitzeln, denn er hielt es für eine große Puppe. Aber kleine Kinder mögen das nicht, und Idas Junge begann wütend zu brüllen.

Der Graf prallte zurück.

»Pfui Teufel, das lebt ja«, rief er und sah erschreckt auf Laura.

»Das tun die meisten Kinder«, sagte Frau Hempel, die aus dem Haus kam, das Kind aus Lauras Arm nahm und damit ins Zimmer ging.

Verliebte Männer trauen ihren Angebeteten stets Besonderes zu. Wer weiß, auf welche Gedanken diese beiden gekommen wären, wenn nicht Hempel hinzugekommen wäre und Aufklärung gegeben hätte.

Er erzählte, dass das Kind der Junge von einem Mädchen sei, das überaus brav und nett sei und perfekt kochen könnte.

Zuerst verbarg sich Ida, aber nach und nach wurde sie doch mit allen bekannt. Besonders Degenbrecht versuchte sie bald ins Gespräch zu ziehen. Der Polizist in ihm regte sich. Er witterte Verdächtiges. Wer sich versteckt, will verbergen.

»Haben Sie etwas begangen, was niemand wissen soll?«, fragte er.

Ida senkte errötend den Kopf.

»Das Kind«, stotterte sie.

»Ist es denn nicht Ihr Kind?«, fragte Degenbrecht streng.

»Gerade doch, weil's meins ist«, antwortete das Mädchen und brach in Tränen aus.

Degenbrecht wurde gerührt.

»Es ist doch ein ganz hübsches Jungchen«, sagte er tröstend.

Von diesem Augenblick an waren sie Freunde. Als Ida sich erholte und wieder frisch und schlank wurde, fand Degenbrecht, dass braunes krauses Haar und eine rote Sommerbluse sehr hübsch zusammenpassten. Das Netteste aber an dem hübschen Mädchen war, dass man mit ihr von Laura sprechen konnte.

Er fragte sie, ob sie auch glaube, dass Laura noch niemals verliebt war. Und sie bejahte es. Er fragte, ob sie auch Laura schöner fände als andere Mädchen. Und sie bejahte es. Er fragte, ob sie es für möglich halte, dass Laura an einem Schutzmann Gefallen finden könne. Und sie bejahte es ebenfalls. Sie war ein reizendes Mädchen. –

Man war im August. Die Sonnenblumen waren vorbei. Laura knabberte schon ihre Kerne.

Am Ende dieses Monats der fallenden Sterne hatte Frau Hempel Geburtstag. Im vorigen Jahr bekam sie von Hempel eine Flasche Kölnisches Wasser, über die sie sich sehr gewundert hatte. Aber Hempel hatte nicht sagen wollen, wie er auf diesen Gedanken gekommen war. Diesmal stand auf ihrem Stuhl am Frühstückstisch ein Paar wunderschöner Winterstiefel, fest und mit Doppelsohlen. Hempel hatte sie trotz Hitze und Arbeit heimlich gezimmert.

Um die Kaffeetasse herum lagen kleine Gaben von Laura, und in der Mitte des Tisches stand ein großer Napfkuchen, den Ida gebacken hatte.

Frau Hempel kam aus dem Naseputzen gar nicht heraus, und der erste Badegast glaubte, dass ein Unglück geschehen sei.

Der Schutzmann brachte einen großen Strauß Georginen, Graf Egon aber überreichte ein Nähkästchen, fein und kostbar, als wäre es für eine Frau Bankdirektor bestimmt. Frau Hempel wollte es gar nicht annehmen und meinte, dass er es aufheben solle, bis er eine Frau haben werde.

Der Graf sagte, seine Frau würde nicht besser sein können als Frau Hempel, höchstens ihr ähnlich.

Er sah sich nach Laura um, aber sie ging gerade in das andere Zimmer, um sich im Spiegel zu sehen.

Der Abendtisch war heute um einige Personen vergrößert.

Herr und Frau Kempke waren aus der Stadt gekommen, um feiern zu helfen.

Als man schon recht vergnügt war, kam auch Herr Fabian für einen Augenblick herüber. Er sah nicht froh aus und hatte eine Kratzwunde über der Nase. Herr Otto fragte, ob er seine Löwenrolle heute jemand anderem überlassen hätte. Herr Fabian nickte, tastete nach seiner Nase und sagte trübe: »So weit kommt es, wenn man sich zu gut kennt. Warum ist das Heiraten nicht polizeilich verboten?«

Schutzmann Degenbrecht richtete sich auf. Er sagte, dass kein Mensch Ordnung in den Polizeilisten halten könnte, wenn man die Ehe abschaffte, und dass immer noch genug anständige Kerle da wären, die das Herz auf dem rechten Fleck hätten und ihr Mädchen heiraten wollten. Man hörte Tusneldas Klingel die letzte Abendvorstellung ankünden, und Herr Fabian musste davonspringen, ohne Antwort geben zu können.

Von dem nahenden Mond schlich sich eine matte Helle über das Dach. Kempkes standen auf, um den See im Mondschein zu sehen. Degenbrecht ging zu Ida und fragte, ob sie glaube, dass es Laura übel nehmen würde, wenn ein Mann mit ehrlichen Absichten sie zu einem kleinen Gang im Mondschein aufforderte.

Ida schüttelte den Kopf. Sie sah sehr blass aus in dem grünlichen Licht des Mondes.

Reichliche Überlegung bewahrt uns vor vielem. Als Degenbrecht sich umdrehte, war Laura verschwunden.

Sie hatte mit dem Grafen gewettet, dass es in dem nahen Waldgehölz nicht hell sein könne, wie er hartnäckig behauptete. Jetzt waren sie auf dem Wege dahin, weil sie nachsehen mussten, wer von ihnen recht hatte.

Graf Egon fragte Laura, ob sie wisse, warum er jeden Abend hinausgekommen sei.

Weil es ihm zuträglich wäre, antwortete Laura.

Ganz richtig, sagte der Graf, aber ob sie auch wisse, warum es ihm so zuträglich wäre.

Sie erwiderte, dass sie leider kein Arzt sei.

Dabei stolperte sie über eine der toten Kiefernwurzeln, die sich wie Schlangen über den Moosboden wanden. Es war gut, dass ihr Begleiter rasch seinen Arm um sie legte.

Sie sagte, er werde nun einsehen, dass sie die Wette gewonnen habe, denn es sei stockdunkel hier.

Er meinte, dass daran nur die hohen Bäume schuld sein könnten.

Auch Laura glaubte das. Sie sagte, dass sie nun umkehren wolle, und drehte sich mit raschem Schwung herum. Eine schnelle Wendung kann vieles ändern. Zumal im Dunklen. Zwei fremde Münder stießen plötzlich zusammen und konnten sich nicht mehr ausweichen. Es war unmöglich. Aber nichts ist schlimm, wenn man will, was man muss.

Unabwendbarer Zufall aber wird auch im Bürgerlichen Gesetzbuch als höhere Gewalt angesehen und entschuldigt.

Endlich hatte die Sonne begriffen, dass die Menschen ihre glühende Freundschaft nicht wollten. Und weil sie, wie alle weiblichen Wesen, zur Übertreibung neigt, blieb sie sogleich ganz fort.

Der erste Septembermorgen war grau und griesgrämig, und schon in den ersten Vormittagsstunden begannen schwere Tropfen niederzufallen, wie wenn große beleidigte Augen da oben weinten.

Von der Wunderwiese schwanden die bunten Farben, die Klingeln und Trompeten waren plötzlich verstummt. Vor den verhangenen Buden war ein rascher Bach entstanden, auf dem die Kinder der Dame ohne Unterleib Schiffchen gleiten ließen. Unter einem tropfenden Zelt saßen die Löwenbraut und die Brunnenfee, warme Tücher um die Schultern. Sie stopften Strümpfe und sprachen von ihren Männern. Gewohntes schätzt man genug. Die Löwenbraut sagte gähnend:

»Wenn man ein gewisses Alter erreicht hat, kann man ohne sie bestehen.«

Melusine war erst seit dieser Saison mit ihrem Afrikaner verheiratet. Sie seufzte und sagte:

»Wenigstens sollte man bei derselben Farbe bleiben.«

Tusnelda wusste nicht recht, ob sie vom Afrikaner oder vom Stopfgarn sprach, aber sie war zu faul, um zu fragen. Auch die Neugierde hat ihre Jahre.

Die Männer hörte man im Nebenzelt fluchen. Sie spielten Skat mit dem Riesen.

»Der Skat ist das einzige, was nicht teurer geworden ist«, sagte die Löwenbraut nach einer Weile.

Der Regen strömte heftiger, und mancher Tropfen verirrte sich unter das dünne Zelt. Die Brunnenfee sagte, dass ihr Nässe widerlich sei, und stand auf, um sich eine Tasse Kaffee auf dem Spirituskocher zu wärmen. –

Um Hempels Dach gurgelte die blecherne Regenrinne wie ein Sänger, der Halsschmerzen hatte. Der See wogte wie ein kleines Meer, aber niemand kam in die Badeanstalt, auf die der Regen wütend zum Appell trommelte.

Erst um die Mittagsstunde hörte man Schritte. Der Herr Stammgast Dr. Simrock eilte unter einem großen Regenschirm näher. Unter dem Arm trug er ein paar Schlittschuhe.

»Wenn der Sommer vorbei, kommt der Winter heran«, sagte er und übergab die Schlittschuhe Frau Hempel. Sie sollte sie ihm für den ersten Eistag bereithalten. Dann verschwand er hinter den Brettern, um noch ein kurzes Bad zu nehmen.

»Ein drolliger Zwickl«, sagte Frau Hempel, als er fort war.

»Da sollten Sie erst einmal zu uns kommen«, sagte Herr Otto und meinte damit die Irrenanstalt, in die er morgen zurückkehren wollte.

124

Schon in der Frühe hatte er zu packen begonnen und erklärt, dass für diesmal der Sommer vorbei sei. Er zog die Stecknadeln aus den Bildern seiner treuen Patienten, pustete den Staub von ihren melancholischen Gesichtern und schob sie in seine Morgenschuhe, die er in den Rucksack steckte. –

Hempel hatte seine Werkstatt am Küchenfenster aufgeschlagen, wo er an einem Paar alter Schuhe hämmerte.

Als sie um den Mittagstisch saßen, sah Frau Hempel lächelnd auf Laura. Seit langer Zeit hatte sie wieder einmal die richtige Ruhe, um sich ihr reizendes Mädchen anzusehen.

»Du siehst ja so geheimnisvoll aus«, sagte sie.

Laura wurde rot und sagte, dass es sicher bald gutes Wetter werden würde.

»Hübsche Mädchen prophezeien immer gutes Wetter«, sagte Herr Otto ärgerlich, denn er war schon ganz im Winter und in der behaglich durchheizten Irrenanstalt.

Der Regen wurde stärker, und ein scharfer Wind jagte den klagenden Sommer davon. Auf der Wunderwiese packte man zusammen, was man im Frühjahr aufgebaut hatte. Zwischen den sausenden Wasserstreifen standen magere Pferde, die zusammenzuckten, wenn man auf den Karren hinter ihnen Bretter, Balken und feuchte Flitterfetzen schleuderte. Wie ein großer Leichenzug bewegten sich die bepackten Wagen langsam durch die aufgeweichte Allee zwischen fallenden Blättern dem Bahnhof zu.

»Wie früh es heute dunkel wird«, sagte Frau Hempel und zündete die kleine Lampe an, die über dem Herd hing. Sie wollte Kartoffelpuffer braten, um Herrn Otto den Abschied schwer zu machen.

»Bald wird es hier tüchtig einsam sein«, sagte Herr Otto zufrieden und streute sich mit Finger und Daumen Salz auf den Kartoffelkuchen, wobei er die Augen zukniff. »Bei uns ist es anders«, erklärte er weiter, nachdem er das Essen gekostet und gelobt hatte. »Die halbwegs Normalen machen des

Abends Musik, und die anderen verüben anderen Radau. Ich bin Leben um mich gewohnt. Es ist nicht gut, dass der Mensch allein sei.«

Hempel meinte kauend, dass das seine Richtigkeit habe und ein einzelner Schuh zu nichts tauge.

Laura dachte: gestern um diese Zeit …

Frau Hempel schwieg. Sie brauchte bei einem solchen guten Essen keine Unterhaltung. Nur einmal sagte sie:

»Schwatzt nicht so viel. Man merkt ja gar nicht, was man isst.«

Der Graf hatte es nicht so gut wie seine künftige Gräfin, die träumen und warten durfte, während sie Kartoffelpuffer aß. Er stand vor seiner Mutter, die von Tag zu Tag stolzer geworden war, seit sie einem Dienstmädchen viele Stunden am Tage von der früheren Größe der Prillbergs und der eigenen Ahnen erzählen konnte. Das Mädchen wusste nicht, was Ahnen waren, aber sie merkte, dass es etwas sein müsste, was früher großen Wert hatte. Sie stellte sich darunter eine Art alter Taler vor, die jetzt nichts mehr galten. Im übrigen war es ihr einerlei, worüber die traurige Gräfin klagte, weil sie meist an ihren Fritz dachte, der ein Grenadier war.

Die Lampe brannte über dem Tisch und der kleinen Schüssel mit Aufschnitt, in dem ein silberner Spieß steckte, der als Adler endete. Neben jedem Teller lag das alte, dünn gewordene Silber der Prillbergs, und die goldene Krone am Halse der Mutter leuchtete gelb.

Hier wollte Graf Egon von Laura und seinem Versprechen im Walde reden.

Man sagt, dass es immer Vergnügen macht, von Dingen zu sprechen, die man liebt. Der Graf merkte im Augenblick nichts davon. Er hatte sich dreimal geräuspert, aber noch immer nichts gesagt.

»Willst du dich nicht setzen«?, fragte die Gräfin, die steif auf dem Sofa saß.

Der Sohn blickte sie an. Wie immer sah sie aus, wie wenn sie an ein großes Unglück dachte. Die Kehle schnürte sich ihm zu. Jetzt sollte er von Laura und allem Guten sprechen, das er hoffte. Er konnte es nicht. Er setzte sich stumm an den Tisch und begann Wurst zu essen.

Der Regen klatschte gegen die Scheiben. Die elektrischen Bahnen rasten klingelnd und dröhnend durch die Straßen. Der Graf dachte an gestern, an die vergangenen Wochen.

Plötzlich hob er den Kopf und sagte heftig: »Ich bin doch kein Verbrecher. Ich habe wohl auch ein Recht auf Glück. Was schert mich das tote Vieh im Wappen?«

Die Gräfin ließ die Gabel sinken.

»Sprichst du von unserm Adler?«, flüsterte sie starr und ängstlich, als ob sie von einem Kanarienvogel spräche, der neben ihr im Bauer schlief.

Der Graf würgte noch ein paar Wurstscheiben durch die Kehle und schwieg.

»Was ist denn das für ein herausfordernder Ton gewesen?«, fragte die Gräfin nun im strengeren Tone. »Willst du dir einen neuen Paletot anschaffen? Ich habe schon selbst daran gedacht.«

Der Graf stand auf.

»Kurzum, Mutter, ich habe mich verlobt«, schrie er heraus.

»Ich ahnte es ja«, sagte die Gräfin und lehnte sich mit geschlossenen Augen an den hohen Sofarücken.

»Mit Laura Hempel«, schrie Graf Egon weiter.

»Wer ist das?«, hauchte die Mutter.

»Die Tochter unserer tüchtigen Frau Hempel aus Bombachs Haus.«

»Das Portiermädchen?« Die Gräfin schrie auf, wie wenn ihr ein Zahn ohne Kokain gezogen würde.

Das Mädchen kam schreckerfüllt ins Zimmer gestürzt. Aber da saß die Gräfin sofort aufrecht im Sofa, sagte, dass niemand geklingelt hätte und man anzuklopfen habe, ehe man ein Zimmer beträte.

Nachdem das Mädchen wieder verschwunden war, lehnte sich die Gräfin wieder zurück und erklärte in leise klagendem Tone, dass sie niemals in diese Heirat einwilligen werde. Sie war die Enkelin eines hohen Offiziers, hatte einen Grafen geheiratet, einen Grafen geboren und hatte nicht nötig, als Schwiegermutter eines Portiermädchens zu sterben.

Graf Egon sagte, dass er mit der Heirat warten müsse, bis er wieder einige Stufen vorwärtsgekommen sei, aber dass er nun wenigstens die Hoffnung auf Glück als Helfer haben möchte.

Er erinnerte sie, wie wenig Gutes er bisher im Leben genossen hatte.

Sie fragte, ob es ihr vielleicht besser gegangen wäre, und sagte, dass es wenig zartfühlend von ihm sei, ihr die unverschuldete Armut vorzuwerfen.

Der Graf antwortete, dass er das nicht tue und nie tun werde, aber dass sie doch versuchen sollte, sich an Lauras Anmut und heiterer Natürlichkeit zu erfreuen.

Die Gräfin stand auf, um in ihr Schlafzimmer zu gehen, und sagte feierlich: »Ich brauche keine Heiterkeit, mein Kind. Lass du mir nur mein Unglück.« Damit ging sie hinaus, die edelste Verachtung in dem traurigen Gesicht.

Der eine liebt sein Unglück, der andere sein Glück, und es ist schwer zu entscheiden, was von beidem lohnender ist, besonders wenn man bedenkt, wie vergänglich das Glück ist.

D er Mensch tastet in Lärm und Ungewissheit vorwärts, aber still und sicher geht die Zeit ihren Weg. Jeden Abend kam mehr Kälte in die Luft. Die Bäume wurden kahle

Holzgerippe, und kurz und schnell mit knappem Lichtschein klappten die Tage auseinander.

Hempels warteten, dass es Eisbahn würde und wieder Geld und Arbeit ins Haus käme. Der Wind pfiff um das Dach, dass es Laura oft angst und bange wurde. Sie kannte es ja nicht anders, als Menschen und Häuser um sich zu haben. Das friedliche Klopfen von Hempels Arbeitshammer fehlte auch. Es war nichts zu tun. Aber wenn es auch anders gewesen wäre, hätte der Schuster nichts schaffen können. Regen am Morgen und Feuchtigkeit am Abend – er fühlte sie in den Knochen. In den Fingern, im Rücken, in den Knien, am Herzen. Er saß neben dem Herd mit eingesunkenen Augen und wartete. Auf die Eisbahn? Auf Arbeit? Auf Gesundheit? Er wusste selbst nicht recht. Wir warten ja immer auf etwas Gutes.

Auch Laura wartete.

Eines Sonntags morgens stand wirklich Graf Egon in der Tür. Er sah blass und mutlos aus, und Laura lief fort. Sie wollte sich ihr Glück nicht nehmen lassen.

Der Graf wünschte Frau Hempel zu sprechen, und sie gingen in Lauras Zimmer. In der Ecke stand das helle schmale Bett mit glatt gestrichener weißer Decke, über dem kleinen Spiegel an der Wand hing ein Büschel buntfarbiger Herbstblätter. Auf der neuen kleinen Kommode lag unbestaubt das Lederbuch, und hinter ihm standen zwei Fotografien. Das Bild des Kaisers und das Porträt eines Löwen, der aber kein Löwe war, denn es stellte Herrn Fabian im Geschäftsfell vor.

Graf Egon setzte sich nicht, obwohl ihn Frau Hempel schon zweimal dazu aufgefordert hatte. Stehend, die Hände sanft auf der Lehne des Stuhls, über die vielleicht Lauras Haare fielen, wenn sie sich vor dem Spiegel die Zöpfe flocht, sagte er dasselbe, was er seiner Mutter mitgeteilt hatte. Und auch, was diese ihm darauf geantwortet hatte.

Frau Hempel verstand ihn sofort. Dass man Laura liebte,

war ihr das natürlichste von der Welt. Dass die alte Gräfin vor Unglück triefte, verwunderte sie auch nicht.

»Alles ist nun einmal so, wie es ist«, sagte sie. »Aber das Mädchen darf mir nicht traurig gemacht werden.«

Das hörte Laura die Mutter laut und fest sagen, als sie zurückgeschlichen kam und vor der Tür ihres Zimmers halt-machte.

Es waren die letzten Worte der Unterredung, in der sich Frau Hempel und Egon einig geworden waren, weiter zu ar-beiten und zu sparen, damit ein Mädchen glücklich werden konnte. Man rief Laura herein und führte den Vater vorsich-tig ins Zimmer.

Morgen wollte der Graf fort, um auf einem Posten im Ausland dem Glück näher zu reisen. In einem Jahr wollte er wieder zurück sein. –

Als alle in die Küche zurückkehrten, erfuhr auch Ida, was sich ereignet hatte.

Sie schlug die Hände zusammen und rief: »Was wird aber der Schutzmann dazu sagen!«

Man war froh, über etwas lachen zu können, und Graf Egon meinte, ein tüchtiger Schutzmann dürfe sich durch nichts verblüffen lassen.

Hempel stand aufrecht da und sagte, dass Freude der beste Arzt sei und dass er morgen mit den Brautschuhen anfangen wollte. Was getan ist, sei getan.

Am meisten freute er sich im stillen, dass trotz der großen Veränderung alles beim alten blieb und das Mädchen nicht fort kam.

Frau Hempel ging es nicht anders. Einstweilen behielt man das Mädchen, das war das beste an der Freude.

Laura und Graf Egon sprachen nicht miteinander, weil es ihnen nicht gelang, das neue »Du« vor den anderen zu ge-brauchen. Die einfachsten Dinge scheinen uns oft am schwie-rigsten.

So wurde es unangenehm still um den Küchentisch. Ida stand auf und machte sich am Herde zu schaffen. Sie begann Schweinefett auszubraten. Das hob sofort die Stille auf. Es knatterte und krachte wie ein fröhliches Feuerwerk. Aber leider haben alle Dinge auch ihren Geruch. Das bratende Schweinefett entfaltete zwischen den geschlossenen Fenstern nicht den rechten Weihrauch zu der Verlobungsfeier eines Grafen von Prillberg. Egon dachte an seine Mutter und wurde rot. Aber dann sah er zu Laura, die süß und traurig zu ihm herüberblickte, und erinnerte sich, dass alles Schweinefett der Welt nicht seine Liebe zu ihr ausräuchern konnte und dass er ihr möglichst bald einen eigenen Herd schaffen musste. Er stand auf und nahm Abschied.

Laura begleitete ihn vor die Tür.

Sie strich wie ein trauriges Kätzchen ihre Wange einen Augenblick lang gegen seine Schulter.

»Wenn deine Mutter doch nicht so traurig wäre«, sagte sie.

Graf Egon streichelte ihr Haar und schlug ihr vor, lieber an ihn zu denken. Immerfort. Jeden Tag vom Morgen bis zum Abend. Er wolle es umgekehrt nicht anders machen.

Laura lächelte ein wenig. Aber dann meinte sie, dass ein Jahr sehr lang sei.

Ehe Graf Egon etwas Freundliches erwidern konnte, stampften feste Schritte auf dem Sand, und Schutzmann Degenbrecht stand vor ihnen.

Seine Stirn warf dicke Falten, als er die beiden so nahe beieinander sah, und es sah aus, als wolle er sein Taschenbuch hervorholen, um sie aufzuschreiben. –

Man hätte sich gern ohne polizeilichen Schutz Lebewohl gesagt, aber in einem geordneten Staat kann nicht jeder einfach tun, was ihm gefällt.

Noch ein kräftiger Händedruck, und der Graf ging davon. Laura aber folgte, den Kopf gesenkt, dem Schutzmann ins Haus.

Es war nicht Hempels Gewohnheit, über Dinge zu sprechen, die das Herz angingen. Nur wer genau Bescheid wusste, konnte merken, dass unter dem wetterumwehten Dache etwas Besonderes vorgegangen war und weiter wirkte.

Frau Hempel hatte Seide und Leinen gekauft. Aus der Seide hämmerte Hempel die Brautschuhe, und aus dem Leinen nähten alle drei Frauen einen Wäscheschatz.

Die neunzackigen Kronen stickte Laura hinein mit zierlicher Sorgfalt.

Selten fiel ein Wort. Aber man denkt am meisten an das, wovon man nicht spricht. –

Frau Hempel hatte nicht gewollt, dass Briefe gewechselt wurden. Sie war der Meinung, dass Liebesgedanken aufzumalen und zu erwarten ein Mädchen dumm und faul mache.

So hatte Graf Egon nur in einem Schreiben, das an alle gerichtet war, seine gute Ankunft mitgeteilt und dass er mit seiner Tätigkeit zufrieden sei, weil er dabei an die eine denke, der sein Leben gehören werde.

Der Brief ging von Hand zu Hand. Schrift und Worte und Papier wurden von den Eltern mit Achtung studiert und gelobt. Darauf verschwand der Brief. Er war zwischen zwei weiße Tücher in eine Mädchenkommode geraten, die ein Kaiser und ein Löwe bewachten. –

Häufig saß Schutzmann Degenbrecht bei den nähenden Frauen und sah ihnen zu. Er glaubte, dass man die Aussteuer für irgendein feines fremdes Fräulein nähe, und sah gleichgültig auf das dünne Spitzenzeug und die großen Leinentücher.

Der achtunggebietende Helm stand unter seinem Stuhl, aber in den blanken Knöpfen seiner Uniform spiegelten sich die über die Arbeit gebeugten Köpfe von Laura und Ida in strammen Reihen.

Das Feuer auf dem Herde flackerte und wärmte, die Scheren klapperten, die Fäden schwirrten, und der Schutzmann meinte, dass es Hempel recht gut habe, immer umgeben von drei fleißigen Wesen weiblichen Geschlechts zu sein.

Frau Hempel fragte, ob er sich gleich drei Frauen wünsche.

Er lachte und sagte, dass er sich schon mit einer zufriedengeben würde, wenn sie hübsch und recht nett zu ihm wäre, und er zwinkerte unschlüssig von Laura zu Ida und wieder zurück.

Dabei verschwand sein Lächeln. Unruhe und Unentschlossenheit kamen auf sein Gesicht, das Zufriedenheit gewohnt war.

Wer die Wahl hat, hat die Qual. Er, der besser als irgendeiner hätte vertraut sein müssen mit Besitzrecht und Ortsangehörigkeit, wusste nicht mehr, wem sein Herz gehörte, noch wo seine Gefühle zu Hause waren. Einmal war es Laura, ein andermal Ida. Laura war zarter und süßer, aber kalt zu ihm wie das Wetter draußen.

Bei Ida wurde einem warm ums Herz, aber sie hatte gar nichts von den Prinzessinnen, die er nun wieder jeden Abend im Lichtspieltheater hervorklappen, lächeln, lieben, weinen und wieder verschwinden sah.

Er seufzte, und da es dem Menschen angeboren ist, immer nach Trost zu suchen, griff er nach der Zigarrentasche über seinem Herzen.

In der Dämmerstunde kamen Specks über das kahle Feld, das die Häuser voneinander trennte. Sie waren in Wolltücher gewickelt, und in Frau Specks Händen bewegte sich unermüdlich ein Strickzeug. Sie sagte, dass der Mensch nicht genug Wollstrümpfe besitzen könne und sie und Speck im Winter drei Paar übereinander trügen. Speck nickte dazu. Er hatte in einem Mundwinkel eine Pfeife hängen und sprach nicht gern.

Frau Speck war weniger arglos als der Schutzmann. Sie lobte oft das feine Leinenzeug und fragte ebenso häufig nach dem jungen und hübschen Herrn Grafen.

Ihre wetterharten Hände berührten gern den zarten Stoff. Das Klappern der Stricknadeln verstummte dann einen Augenblick, sie seufzte tief und sagte:

»Wo sind die Zeiten hin?«

Sie dachte an die besseren vergangenen Tage, wo sie mancherlei Schönes probiert hatte.

Speck liebte keine Klagen. Er nahm die Pfeife aus dem Mund und sagte in bestimmtem Tone: »Nichts bleibt, wie es ist, und alles wird anders.«

Ohne viele Silben zu verschwenden saß man beieinander, bis die Lampe über dem Herde zu flackern begann und damit verriet, dass sie bald ausgebrannt sein werde. Das war das Zeichen zum Aufbruch. Specks hüllten sich in Wolle, der Schutzmann nahm den Helm. Wenn sie zur Tür hinausgingen, zischte der Wind herein wie ein wütendes Raubtier, das draußen gelauert hatte.

Nacht für Nacht hindurch umheulte er das Haus wie ein hungriger Wolf.

Endlich wurde es still. Es hatte zu schneien begonnen. Als man die Fenster am Morgen öffnete, war alles weiß. Ein großes Tuch, nicht weniger zart als das, an dem man nähte, breitete sich über die Wunderwiese.

Frau Hempel dachte an Bombachs Haus, an die Großstadtstraße und die Schneeschaufeln. Sie sagte:

»Heute wird die Wahrsagerin die Arme rühren müssen.« –

Das eine seidene Schühchen war fertig und wartete unter einer gläsernen Butterglocke auf das andere. Doch vergeblich.

Hempel lag im Bett. Er konnte den schmerzenden Rücken nicht gerade halten.

Laura nahm ihr Nähzeug, setzte sich neben den Vater, zog Nadel und Faden durch den Stoff und sang ihm Lieder, damit er seine Schmerzen nicht fühle. Frau Hempel brachte ihm Kaffee und sagte, dass es die Schwarzen, die ihn gepflückt hätten, gewiss wärmer hätten als sie.

134

Herr Speck verordnete Ameisenspiritus, und der Schutzmann brachte am anderen Tage eine kleine Flasche davon mit.

Frau Hempel entkorkte sie und roch daran. Sie rümpfte die Nase und fragte, ob der Apotheker das gemacht hätte.

Herr Speck belehrte sie, dass die Ameisen diesen Saft von sich gäben, wenn sie sich erschreckten.

»Pfui«, sagte Ida und roch auch einmal an der kleinen Flasche.

Auch der Schutzmann brachte seine kräftige Nase mit der Flaschenöffnung in Berührung und wunderte sich, was Schreck nicht alles machen kann.

Hempel sah bewundernd auf Speck.

»Was Sie nicht alles wissen, Herr Speck«, sagte er und versuchte sich im Bett aufzurichten, um den gescheiten Nachbarn besser sehen zu können. –

Man soll aus allem Gutes ziehen können, aber das saure Symptom geängstigter Ameisen wollte nicht helfen. Das Mittel hatte immer geholfen. Speck wunderte sich sehr.

»Man läuft durch die Jahre und wird abgenutzt. Altes Leder taugt nichts mehr«, sagte Hempel und stöhnte.

»Nichts bleibt, wie es ist«, sagte Speck, und als es mehrere Abende so weiter ging, ohne fröhlicher zu werden, blieben Specks weg.

Man muss dem Unglück nicht nachlaufen. –

Degenbrecht meinte, dass man einen Arzt holen müsse. Hempel sähe nicht natürlich aus.

Frau Hempel war nicht sehr dafür. Sie sagte, den Doktor holen bedeute nichts Gutes. Man wird dann nicht wieder gesund, weil solcher Arzt immer am anderen Morgen wiederkommen wolle.

Degenbrecht sagte, dass das hier draußen nicht der Fall wäre. Der Arzt wäre froh, wenn er nicht herausmüsse.

So ließ man ihn rufen.

Er war ein großer Mann im schönen Pelz, und als er durch die niedre Tür trat, sagte er:

»Bald werden Sie die Eisbahn eröffnen können. Mein Töchterchen wartet schon sehr darauf.«

Er rieb sich die Hände und lachte, und Hempel richtete sich neugierig im Bette auf, so gut es gehen wollte.

»Nun, wo fehlt es denn?«, fragte der große Mann und fasste nach Hempels Puls. Er horchte und zog die Augenbrauen hoch, beugte sich über das Herz, horchte lange und zog die Augenbrauen noch schärfer zusammen. Er fragte, welche Medikamente Hempel bisher angewendet habe. Laura brachte ihm rasch das Fläschchen mit dem Ameisenspiritus, und Hempel ließ ihn stolz an seinem neuen Wissen teilnehmen und erklärte ihm, wie schnell und einfach die kleinen Ameisen Medizin machten.

»Hm, hm«, sagte der Doktor und fasste wieder nach der welken Hand.

»Sie sind Schuhmacher?«, fragte er und sah nach dem Werkzeug, das an der Wand über dem Bett hing, abgenutzt von den Händen, die nun matt und kraftlos die Decke strichen.

»Sie haben natürlich niemals richtig geatmet, immer zusammengebückt vornüber gesessen? Wenn die Menschen doch lernen wollten, Herz und Lunge richtig zu gebrauchen.«

Er verschrieb einige Medikamente und zeigte Hempel einige Bewegungen, die er machen sollte, damit sich sein Herz kräftiger rege.

Hempel lachte und sagte, dass er im nächsten Jahr auf seiner Wunderwiese als Hampelmann auftreten werde.

Frau Hempel hatte das Gesicht des Doktors beobachtet.

»Er wird doch besser werden?«, fragte sie rasch, als sie aus dem Zimmer waren.

Der Doktor öffnete den Mund, schloss ihn wieder, als er in ihr Gesicht sah, und sagte dann:

»Gewiss, gewiss, liebe Frau, es wird nicht so bleiben.«

In einigen Tagen wollte er wiederkommen, wenn das Wetter nicht gar zu tolle Sprünge machte. –

»Hätte ich doch nur das weiße Schühchen fertig«, stöhnte Hempel oft, und eines Tages war er aus dem Bett gekrochen, hatte das Werkzeug von der Wand geholt und an dem weißen Schuh zu hämmern begonnen.

Frau Hempel sagte:

»Nun wird er bald gesund. Wer arbeitet, ist nicht krank«, und sie lauschte lächelnd auf die gewohnte Hausmelodie, die wieder zwischen den Händen summte, wenn auch recht leise.

Laura saß am Bett und reichte dem Vater wieder und wieder zu, was seinen zitternden Händen entglitt. Sie hielt den Leisten, während er klopfte. Ihr Kastanienhaar streifte seinen winterweißen mageren Kopf.

So wurde der zweite Brautschuh fertig.

Er kam zu dem anderen unter das Glas und musste so gestellt werden, dass ihn Hempel vom Bett aus sehen konnte.

Er nickte zufrieden.

»Solch ein Pärchen gehört zusammen«, sagte er und streckte sich aus.

In der Nacht darauf wollte ihm das Atmen gar nicht gelingen. Frau Hempel beugte sich angstvoll über ihn und riet ihm, doch genau zu atmen, wie es ihm der Doktor gezeigt hatte. Aber er schüttelte als Antwort nur den Kopf. Frau Hempel starrte in die Runzeln seines Gesichts, als lese sie eine schwierige Schrift.

Sobald der Morgen graute, musste Ida zum Arzt laufen. Er sollte geschwind kommen, um Hempel eine bessere Art des Atmens zu zeigen. Auf die frühere Weise gelänge es nicht mehr.

Gute Lehren kommen meist zu spät.

Als der Arzt erschien, wollte Hempel nichts mehr von

neuen Kunststücken wissen. Der müde Rücken und die abgenutzten Hände hatten Ruhe gefunden.

Erst der Arzt machte den Frauen begreiflich, was vorgefallen war.

»Das ist nicht wahr«, schrie Laura auf und drängte sich dicht an die Mutter, um Schutz zu suchen vor den schrecklichen Worten dieses großen Mannes im Pelz.

»Er wird es wohl besser wissen als wir«, sagte Frau Hempel, aber als der Arzt zur Tür heraus war, brach sie mit dumpfem Stöhnen zusammen.

Nie hatte Hempel erfahren, wie verzweifelt und hilflos seine tüchtige Lina sein konnte.

D ie besten und die schlimmsten Tage haben gemeinsam, dass man sie erst spürt, wenn sie vorüber sind.

Ein starker Frost setzte ein. Der weiß umrandete See überzog sich mit einer glitzernden Kruste. An dem blassen Himmel stand wieder die beleidigte Sonne, noch sehr kühl und zurückhaltend, aber immerhin war sie wieder da.

Als Frau Hempel und Laura von dem kleinen fremden Kirchhof zurückkehrten, wo sie Hempel hatten allein zwischen dem Schnee zurücklassen müssen, sahen ihre brennenden Augen, die nichts von Kälte wussten, erstaunt einen Haufen Leute, die sich lachend vor der Badeanstalt vergnügten. Man warf mit Schneebällen gegen die verschlossene Tür und rief: »Aufmachen!«

Es war der erste frostklare Sonntag, überall waren heute die Eisbahnen freigegeben worden. Man wollte auch hier sein gutes Recht vom winterlichen Feiertag.

Frau Hempel riss die Augen auf, als erwache sie aus tiefem Schlafe.

Dem Leben zu gehorchen lernt man nicht an einem Tage. Aber zwanzig Jahre hatten Frau Hempel gelehrt aufzuwachen, wenn andere sie brauchten. Aus dem tiefsten Schlaf hatte die Türklingel sie auf die Beine gebracht und nach den Schlüsseln greifen lassen. –

Die Schneebälle polterten gegen die Tür. Aus Lachen und Schreien wirbelte immer wieder der Ruf hervor: »Aufmachen!«

»Da müssen wir uns beeilen«, murmelte Frau Hempel. Wer konnte auch wissen, dass es gefroren hatte. Rasch schloss sie die hintere Tür ihres kleinen Hauses auf und nahm eiligst den neuen Hut mit dem langen schwarzen Schleier ab, den sie sorgfältigst auf Hempels Bett ausbreitete. Dann holte sie die Schlüssel vom Haken, kniete vor der Kommode und nahm aus dem untersten Schubfach den Blechkasten mit den Eintrittskarten.

»Hier, Kind, schnell an die Kasse«, sagte sie und reichte Laura die klappernde Schachtel.

Laura rührte sich nicht.

»Ich kann nicht, Mutter«, stöhnte sie.

»Wer lebt, muss da sein«, sagte Frau Hempel heftig.

Laura gehorchte und nahm die Kasse. Einen Augenblick später war die Tür geöffnet. Laura saß am Zahlbrett, gab Karten aus und nahm Geld ein, ohne es zu wissen.

Ida fegte mit einem Besen den Schnee von der Bahn, und Frau Hempel schleppte Stühle und Bänke herbei, weil man nach solchen schrie.

Bald hörte man das Fahren der Schlittschuhe auf dem harten Eise. Hempels Eisbahn war eröffnet.

Eine dicke Dame schrie nach Frau Hempel, um sich an ihr festzukrallen, und Frau Hempel stützte sie. Sie erzählte, dass sie in diesem Sommer fünfzehn Pfund verloren habe, und sie fragte, ob Frau Hempel glaube, dass auch der nächste Sommer heiß werden würde. Frau Hempel glaubte es.

Die Dame glitschte weiter über die glatte Fläche und fragte, ob Frau Hempel eine Kur gebraucht habe, da sie so viel magerer sei als im Sommer. Frau Hempel sagte, sie habe keine Kur gebraucht. Die Dame meinte, von nichts würde man nicht dünner, und sie sollte ihr doch das Mittel verraten, damit sie es auch versuchen könne.

Frau Hempel sagte, sie glaube, ein kräftiges Unglück treibe das Fett von den Knochen.

Aber Heilmittel sollen wohlschmeckend sein und einen Zusatz von Sirup haben. Die Dame befreite sich von dem Arm dieser groben Frau und sagte, dass sie nun allein laufen wolle. Frau Hempel hatte nichts dagegen. –

Draußen auf dem See war jemand gefallen und hatte mit dem Schlittschuh auch den Stiefelabsatz verloren. Man rief, wo der Schuster sei, der hier im Sommer gewesen wäre.

Frau Hempel ging ins Haus, wie wenn sie ihn holen wollte. Aber als sie nicht wieder herauskam, schrie man von neuem nach dem Schuster. Ida eilte, so schnell es der glatte Boden zuließ, zu den Rufenden hinüber und flüsterte, dass sie doch um Himmelswillen still sein sollten, man hätte diesen Schuster heute morgen begraben.

Die Lärmenden verzogen die Gesichter und schnallten die Schlittschuhe ab. Man hatte ihnen das Vergnügen verdorben.

Die übrigen hatten nichts von dem Vorfall gemerkt. Erst als die rote Sonne ganz schief stand und die Kälte mit jedem Atemzug zunahm, gingen die letzten davon. –

Laura brachte der Mutter die Kasse zurück. Sie war schwerer geworden. Frau Hempel öffnete sie nicht. Es war keine Freude dabei, wenn man nicht Hempel erzählen konnte, wieviel eingekommen war.

Die Kälte nahm täglich zu, die Sonne sparte wieder ein, was sie im Sommer verschwendet hatte.

Frau Hempel musste daran denken, dass es Hempel im vorigen Jahre richtiger gefunden hatte, wenn sich im Sommer weniger und im Winter mehr Wärme einstellen würde. – Die Stunden kamen und gingen, kalt und blass. Die Weihnachtsferien begannen, und vom frühen Vormittag an bis Sonnenuntergang surrten Eisen und Stahl über den glatten See. Als die dunkelsten Tage vorüber waren, stellten sich Specks wieder ein. Sie trugen drei Paar Strümpfe übereinander und schimpften über die Kälte. Frau Speck bewegte das Strickzeug wie eine Maschine und sagte, dass Frau Hempel unerhörtes Glück habe, auf diesen guten Sommer solch einen Eisbahnwinter.

»Nichts bleibt wie es ist, und alles ändert sich«, sagte Speck und setzte sich auf Hempels leeren Platz.

Frau Hempel überlegte, was das für Stiefel wären, die auf drei Wollstrümpfe passten, und dachte, was Hempel dazu sagen würde.

Specks Pfeifenrauch brannte in Lauras Augen, es war derselbe Tabak, den der Vater geraucht hatte. Laura ging aus der Küche und setzte sich im Zimmer auf den Rand des Bettes.

Morgen sollte Weihnachten sein. Der Schutzmann, der eben gekommen war, hatte sie alle daran erinnert. Lauras Gedanken schlichen zu Graf Egon, aber sie trieb sie wieder zurück. Sie empfand sie als ein Unrecht gegen Vater und Mutter. Vom Boden kroch die Kälte empor. Ihre Stiefel waren zerrissen, aber sie wagte nicht die Mutter daran zu erinnern. Sie hatten noch nie einen fremden Schuster gebraucht. Die Tränen schossen ihr in die Augen. Aber zugleich stahlen sich die widerspenstigen Gedanken schon wieder auf eigenen Wegen davon. Ob Graf Egon ahnen konnte, dass sie nun keinen Vater mehr hatte?

Es wurde ein sehr stummer Abend, und Specks und Degenbrecht gingen bald wieder. Ruhe ist gewiss die erste Bürgerpflicht, aber diese Stille überstieg selbst den Geschmack eines Schutzmanns. Degenbrecht sagte sich, dass man diese Familie aufheitern müsse, dass man ihr die Gelegenheit zu einem fröhlichen Feste geben sollte. Aus diesem Grunde betrat er festen Schrittes den kleinen Goldschmiedeladen, der der

Polizeiwache von Frohndorf gegenüberlag. Nachdem er ein weniges über die Kälte gesprochen hatte, die viel Rohrbrüche zeitigen und Polizei und Feuerwehr mehr zu tun geben würde, als man verlangte, fragte er nach einem kleinen Ring von Gold, aber ohne Stein.

Der Goldschmied lächelte und sagte, dass solche glatten Ringe nur paarweise auf die Welt kämen. Er holte eine Sammeltafel hervor, wo in mehreren Reihen immer zwei und zwei blanke Ringe zusammengebunden hingen, und bat höflich, nur einen Augenblick lang die linke Hand des Gesetzes sehen zu dürfen. Degenbrecht schob sie ihm zu, und schon saß ein solcher blanker Reif auf dem kräftigen Ringfinger des Schutzmanns. Degenbrecht zappelte mit den Fingern wie ein Fisch an der Angel, beruhigte sich aber bald und betrachtete dann nicht ohne Missfallen seine geschmückte Hand. Er räusperte sich und strich sich den Schnurrbart.

Der Mann hinter dem Ladentisch fragte bescheiden, wie dick das Fingerchen wäre, für das der andere Ring bestimmt sei, und fügte sich verbeugend hinzu, dass der Herr Wachtmeister das Händchen gewiss gut kenne.

Degenbrecht antwortete nichts und nahm mehrere kleine Ringe prüfend zwischen die Finger. Keiner schien ihm schmal genug für Lauras feine Knöchelchen. Sie waren alle breiter und rund, wie gemacht für Idas Wurstfingerchen, die er gestern lange in der Hand behalten halte, um ihr einen Splitter aus dem Daumen zu ziehen.

Der Goldschmied pries zwei besonders breite Ringe an, warf sie auf die Waage und zeigte, wie schwer sie waren. Der Schutzmann zerrte an dem hohen Kragen seiner Uniform und sagte, dass der Laden sehr stark geheizt sei, und nach einem kräftigen Atemholen griff er zum Helm und sagte, dass er sich das ganze noch einmal überlegen wolle.

Als Schutzmann hätte er wissen sollen, dass es viele Türen gibt, durch die man bedeutend leichter hinein als heraus kommt. Der Mann hinter der Holzschranke lächelte zwar noch, aber er lächelte fest und bestimmt und sagte, dass er jeden Ehering umtausche, an dem in den ersten acht Tagen etwas auszusetzen sei. Damit legte er geschwind zwei goldene Reifen auf ein rosa Atlasbett, ließ einen Deckel darüber schnappen wie eine Mausefalle, wickelte das ganze geschwind in ein Seidenpapier und überreichte es mit starrem, festhaltendem Lächeln dem Schutzmann. Dieser hatte die Hand am Degen, aber er zog nun das Portemonnaie und zahlte. In Liebessachen gibt es keinen eigenen Willen. –

Als der Weihnachtsstern am Himmel stand und die letzten Schlittschuhläufer nach Haus zu Baum und Lichtern gingen, schloss auch Frau Hempel die Tür ihres Hauses. Als sie in die Küche kam, saß der Schutzmann am Herd und hatte Idas Kind im Arm, das heute eine rosa Schleife am Steckkissen hatte. Ida stand am Fenster und rührte in einem Topf, aus dem ein festlicher Duft von Erbsen und brutzelndem Speck stieg. Laura war nicht da.

Frau Hempel verließ die Küche, ohne etwas gesagt zu haben, und öffnete die Tür zu Lauras Zimmer. Auf dem Tisch brannte die große Lampe und warf einen milden Schein auf Lauras Gesicht, das hell aus dem schwarzen Trauerkleid leuchtete. Laura saß auf dem Rand ihres Bettes, und in ihrer Hand blinkte ein kleiner glatter Goldring. Der Briefträger hatte das Schächtelchen gebracht, das jetzt leer auf ihren Knien lag. Laura lächelte und reichte verschämt den blitzenden Ring hinüber, den anzustecken sie noch nicht den Mut gefunden hatte. Ihr Blick glitt scheu zu den beiden Goldstreifen, die matt und mit vielen Rissen am Finger der Mutter schimmerten.

Frau Hempel nahm den Ring und sah hinein. Es stand nichts darin als Egon.

Einige Augenblicke lang war es ganz still im Zimmer, dann räusperte sich Frau Hempel und sagte: »Passt er denn?«

Und sie steckte den Ring an seinen Platz. Er saß an dem schmalen Finger, wie wenn Laura beim Einkauf mit dabei gewesen wäre.

Die Mutter versuchte Laura anzulächeln, aber Lauras Gesicht blieb ernst. Sie lächelte nicht mehr so schnell als früher.

Frau Hempel suchte nach einer Weihnachtsfreude für Laura. Sie sagte:

»Wenn wir die Erbsen gegessen haben, nimm dir einen schönen Bogen und schreib an ihn. Sag ihm alles – was geschehen ist.«

Nun lächelte Laura dankbar die Mutter an.

Inzwischen hatte sich der Schutzmann vorm Feuer, während er das schlummernde Kind wiegte, ein paar wunderschöne Worte ausgedacht, die er anwenden wollte, sobald er einen Augenblick lang mit Laura allein bleiben würde. Aber die schönsten Worte werden nie gesprochen. Als die duftende Erbssuppe auf dem Tisch stand, kamen die Mutter und Laura herein, und ehe Laura noch zum Löffel griff, sah Degenbrecht den blanken Streifen an ihrer Hand. Er fasste in seine Rocktasche, das Kästchen war da. Er erinnerte sich des Briefträgers und fühlte einen Zusammenhang zwischen jenem Ring und dem kleinen Paket.

Die Nacht draußen war vollkommen still. Auch hier in der Küche hörte man nichts als das Klappern der Löffel und den raschen Atem von Idas Kind, das an der Wand im Waschkorb schlief. Jeder war mit seinen Gedanken beschäftigt.

Kaum dass die Suppe ausgelöffelt war, stand Laura auf und ging in ihr Zimmer. Nach einer Weile folgte ihr die Mutter. Sie setzte sich an den Tisch zur anderen Seite der Lampe, vor der Lauras Feder langsam, aber ohne Stocken Worte neben Worte auf ein matt rosa Papier reihte. Laura wusste seit Wochen auswendig, was sie zu sagen hatte.

Frau Hempels schwere Hände ruhten müßig auf dem

schwarzen Kleid. Aufrecht auf dem Stuhl sitzend dachte sie, was sie alles Hempel zu erzählen gehabt hätte. Dass sie sofort nach seiner Beerdigung hatte die Eisbahn eröffnen müssen, dass sie gestern Schuhe für Laura gekauft habe, sie ihr aber noch nicht zu geben wage, weil sie so traurig über seinen Tod sei. Aber was er denn dazu sage, dass Graf Egon nun einen richtigen Verlobungsring geschickt hatte. Das Herz war ihr voll. Sie beschloss, morgen früh auf Hempels Grab zu gehen und mit ihm zu reden. Niemand kann wissen, ob die da unten nicht hören können, wenn sie wollen, und sie kramte weiter in ihren Gedanken, um nichts zu vergessen. – Lauras Feder kratzte über das Papier.

Aus der Küche nebenan drang das gleichmäßige Klappern von Tellern und Schüsseln und ein behagliches Wassergeplätscher. Ida wusch das Geschirr.

Der Schutzmann fühlte an seine Tasche und ärgerte sich über die unnütze Geldausgabe. Sonst war ihm recht behaglich hier in der warmen Küche, die die Winternacht ausschloss. Der Kleine im Waschkorb glich dem Jesuskindchen, das gestern bei der Weihnachtsfeier des Vereins »Menschenwohl« in der Krippe gelegen hatte. Der Feuerwehrmann, neben dem er stand, hatte gesagt, dass es ein wunderhübsches Kindchen sei. Die Frau aber, die dort die Mutter gespielt hatte, war viel weniger hübsch gewesen als Ida. Lange nicht so rund und mollig. Ida sah von den Tellern auf und fragte, woran er denke. Er sagte: »Was war er denn eigentlich?«

»Wer?«, fragte Ida verwundert zurück.

Der Schutzmann zeigte mit dem kräftigen Daumen nach dem Wäschekorb an der Wand und stotterte:

»Na – ich meine – der gesetzliche Urheber. Was war er denn?«

Ida errötete.

»Ein schlechter Mensch«, sagte sie.

Nun war es eine Weile still, und die Teller klapperten.

Dann fragte der Schutzmann, ob sie noch an den schlechten Menschen denke.

»Nie«, sagte Ida heftig.

Dann denke sie wohl an jemanden anders, setzte Degenbrecht das Verhör fort.

Das könne schon möglich sein. Aber der denke nicht an sie, antwortete Ida.

Der Schutzmann meinte, das dürfe sie nicht so fest behaupten, weil man nicht wisse, was ein anderer dächte. Das wäre doch eben das Unbequeme.

Ida sagte, es sei nicht schwer zu erraten, dass von ihr alle schlecht dächten. Herr Degenbrecht gewiss auch. Und sie fasste mit den nassen Händen nach dem Schürzenzipfel und führte ihn an die Nase.

Auch ein Schutzmann ist nur ein Augenblickswesen, den das Herz regiert.

Degenbrecht stand auf und sagte mit kräftiger Rührung, dass man niemandem etwas nachtragen solle. Er wenigstens täte es nicht. Und es wäre doch ein wunderhübsches Kindchen, dessen sich niemand zu schämen brauchte.

»Nicht wahr«, sagte Ida schluchzend und zog den Schürzenzipfel höher zu den Augen, dass sie gar nicht sehen konnte, dass Degenbrecht jetzt seinen rechten Schutzmannsarm schützend um sie legte.

Es wurde ganz still in der Küche. Frau Hempel kam mit ihren Gedanken wieder in die Wirklichkeit zurück und wunderte sich. War der Schutzmann fortgegangen? Wie spät mochte es sein?

Lauras Feder ging ungestört ihren Weg.

Frau Hempel stand auf. Als sie in die Küche kam, waren sich Ida und der Schutzmann sehr nahe, und sie merkte, dass man sie nicht erwartet hatte.

Sie fragte, ob der Schutzmann Ida arretiert habe. Er lachte und sagte, jawohl, das habe er, und zwar auf lebenslänglich.

Laura schlief mit dem schmalen Goldreifen am Finger so fest und schön, dass sie erst erwachte, als sich der dunkle Wintermorgen ein wenig zu erhellen bequemte, um den Weg zum Mittag anzuzeigen.

Frau Hempel betrat in Hut und Mantel vorsichtig das halbdunkle Zimmer und stellte ein Paar neue Stiefel vor Lauras Bett. Sie hatten einen feuchten Streifen auf der Sohle, denn Frau Hempel hatte sie mit auf Hempels Grab genommen, dort ausgepackt und einen Augenblick lang auf den verschneiten Hügel gestellt. Sie waren Fabrikware, auf die Hempel zeitlebens gescholten hatte. Aber sie wollte keine Geheimnisse vor ihm haben. Laura richtete sich schlaftrunken auf. In dem Dämmerlicht des Zimmers leuchtete nichts als der Goldstreifen an ihrem Finger. Frau Hempel mahnte zum raschen Aufstehen. Auf der Eisbahn schurrten schon ein paar Kinder, aber niemand war an der Kasse. Beim Hinausgehen rief sie zurück, dass vor dem Bett ein Paar neue Stiefel ständen. Die anderen wären zerrissen.

»Dankeschön«, sagte Laura leise, aber sie wusste nicht, ob die Mutter es noch gehört hatte. So war man auch über diesen Punkt gekommen.

Nicht lange darauf saß Laura an der Kasse mit den neuen Stiefeln, aber ohne den neuen Ring. Der war wieder verborgen und verschlossen, wie heimliche Gedanken. –

Es war richtiges Weihnachtswetter. Die messinggelbe Sonne stand an einem zarten, wolkenlosen Himmel, das Eis war fest und ohne Risse, auf den Bäumen glitzerte der gefrorene Schnee.

Hempels sollten heute viele Bekannte wiedersehen.

Zur Kaffeestunde kam Herr Otto um die Ecke. Er war in feiertägliches Schwarz gekleidet, wovon eine blutige Schramme unter dem Auge und eine dicke Uhrkette aus blankem Gold auffallend abstachen. Beide hatte er von einem Patienten erster Klasse zu Weihnachten erhalten.

Er wärmte sich mit zwei großen Tassen Kaffee an, und als er sich die Zigarre anzündete, fragte er, wo denn eigentlich Hempel stecke. Er hatte ein Paar Stiefel mitgebracht, für die er aus alter Freundschaft ein paar neue Absätze gemacht haben wollte.

Ida flüsterte ihm seinen traurigen Aufenthaltsort zu, aber er wollte es nicht glauben, weil er es nicht in der Zeitung gelesen hatte.

Nach einem langen und unbehaglichen Schweigen stand er auf, um sich sein Badewasser im festen Zustand anzusehen.

An der Kasse fand er Laura. Aber ihr schmal gewordenes Gesicht, das blass aus dem schwarzen Trauerkleide leuchtete, machte ihn auch nicht fröhlich. Heute dir, morgen mir. Hempel war ein Mann in seinen Jahren gewesen. Es war, als zog ihn jemand am Rockzipfel. Er musste sich fortwährend umdrehen. Wenn er das gewusst hätte, würde er sich ein anderes Weihnachtsvergnügen ausgesucht haben. Vorsichtig betrat er die Eisfläche.

Indessen hatte Frau Hempel neuen Besuch erhalten. Wer ein Freund ist, hat Pflichten, und so waren ihre früheren Nachbarn Kempkes hinausgekommen, um Frau Hempel und Laura aufzuheitern und hier Verlobung zu feiern. Zu diesem Zweck hatte Fritz an einem Arm eine Dame mit starkem Busen und auf der anderen Seite eine Flasche mit Punschextrakt.

Die jungen Leute gingen erst auf das Eis hinaus. Die Frauen blieben allein in der Küche, wo im Kessel das heiße Wasser für den Punsch zu summen begann. Frau Kempke berichtete, dass Fritz nun sein Gasthaus sicher habe. Die Braut sei viele Jahre Gouvernante gewesen. Bei einem einzelnen Herrn. Er hatte ihr eine hübsche Summe gegeben, als er sich eine andere Gouvernante nahm. Es war einer von den Menschen, die immer Abwechslung haben mussten.

Das Wasser im Kessel zischte jetzt gegen den Deckel und

148

wollte hinaus. Der Punsch wurde aufgegossen und verbreitete einen angenehmen Duft. Draußen war es dämmrig und kälter geworden, und so kam das Brautpaar gerade im rechten Augenblick zurück. Herr Otto begleitete es und erkundigte sich, wie der neue Gasthof heißen werde. Fritz sagte, er sei noch nicht schlüssig darüber; denn er hatte es sich von jeher in den Kopf gesetzt, ihn einmal nach den Augen seiner Braut zu nennen. Diese aber habe ein blaues und ein braunes Auge, und nun sei ihm die Wahl sehr schwer gemacht.

»Die Natur hat ein seltenes Spiel mit mir getrieben«, lispelte die Schwere entschuldigend, aber auch nicht ohne Stolz. Nicht jeder ist anders als die anderen.

Frau Hempel ging hinaus und holte Laura. Kälte und Dunkelheit nahmen zu, die Kasse konnte geschlossen werden. In der warmen Küche saß man wartend um den Tisch, um den ersten prüfenden Schluck zu tun, aber ehe man die Lippen am Glase hatte, mussten noch zwei andere Gläser gefüllt werden. Es hatte an die Türe geklopft, und Specks waren gekommen. Es gibt Menschen, die sich des Guten immer bewusst sind. Sie waren erfreut, den Bademeister wiederzusehen, und stießen kräftig mit ihm an. Frau Speck schätzte seit einigen Tagen die Zeitungen beinahe ebenso wie Herr Otto. Sie hatte erfahren, dass nichts wärmer hielt als Druckerschwärze, und trug viele Bogen davon unter den Kleidern. Sobald sie sich bewegte, raschelte es, wie wenn mehrere eifrige Zeitungsleser umblätterten. Herr Otto hatte schon verschiedene Male lauschend den Kopf gehoben, aber sein Beruf hatte ihm das Sichwundern abgewöhnt.

Frau Hempel berührte nicht ihr Glas. Sie war gewohnt, nur ein wenig zu kosten, wenn es Alkohol gab, und dann das volle Glas ihrem Hempel zuzuschieben. Frau Kempke sagte, dass es schade sei um den guten Punsch, den niemand trank. Sie erinnerte sich, dass sonst Hempel das Glas seiner Frau geleert hatte, und meinte, dass es traurig sei, wenn einer aus der Ehe fort müsse und man allein bliebe. Sie trank ein paar warme Schlucke und fuhr sich mit der Zunge um den Mund.

»Aber natürlich, alles hat seine zwei Seiten«, sagte sie dann. »Man hört auch keine Grobheiten mehr und lebt in Frieden.«

Frau Hempel sagte, dass sie niemals Grobheiten zu hören bekommen und immer in Frieden gelebt hatte.

Frau Kempke seufzte und sagte, dass die Männer sehr verschieden ausfielen, und wenn in ihrer Ehe einer sterben müsste, würde sie sich ganz vom Geschäft zurückziehen, um endlich Ruhe zu haben.

Fritz sagte, das seien keine Gespräche vor Bräuten, und fragte Herrn Otto, wieviel Uhr es sei.

Es war höchste Zeit, um den letzten Abendzug zu erreichen. Rasch trank man die Gläser leer und nahm Abschied.

Ida begann langsam den Tisch abzuräumen. Ihre Augen glänzten und sie sagte:

»Er ist der Stattlichste von allen.«

Laura erriet, von wem sie sprach, und murmelte ein paar freundliche Worte. Dann gab sie der Mutter einen kurzen Kuss und verschwand in ihrem Stübchen, um endlich wieder ungestört an jemand zu denken, von dem sie vielleicht morgen einen Brief haben werde.

Frau Hempel goss Hempels nicht geleertes Glas langsam in die Wasserleitung. Sie dachte, dass ihm diese fremden Menschen am liebsten auch dieses bisschen weggetrunken hätten und dass alle nur sich selbst im Sinn führten. Sie hatte sich heute Abend recht als Hälfte gefühlt. Laura, das Kind, durfte man durch Worte nicht noch trauriger machen. Ihr Leben sollte erst anfangen. –

Ida klirrte mit den Gläsern. Frau Hempel wandte den Kopf und sagte, dass sie ins Bett gehen könnte, sie selbst wolle alles in Ordnung stellen, weil sie nicht müde sei.

»Ich wünschte, dass ich jetzt Bombachs Haus von oben bis unten zu scheuern hätte«, sagte sie.

Ida, die daran dachte, dass viele Schutzmänner morgen Urlaub haben, sah verwundert auf und sagte, dass morgen auch noch Feiertag sei. Dann nahm sie ihr Kind in den Arm und ging lächelnd in ihre Schlafkammer.

Ein neues Jahr begann mit neuen Zahlen und alten Rechenexempeln. Frau Hempel erinnerte sich der vergangenen Zeiten, wo sie auf neuen Sohlen treppauf spaziert war, um Glück zu wünschen und sich selbst etwas davon in die Tasche zu holen. Die Jahre, die sie auf Hempels Schuhen durchlaufen hatte, waren nun vorbei. Heute wollte sie Tag und Jahr mit einem Gang zum Kirchhof beginnen.

Ehe sie das Haus verließ, kam Frau Speck in die Küche, um ein gutes neues Jahr zu wünschen und die gute neue Eisenpfanne zu borgen. Sie wollte heute einen besonderen Eierkuchen machen. Speck hatte Pflaumenmus mitgebracht.

Als sie aus der warmen Küche fröstelnd ins Freie trat, stellte sich Frau Speck einen Augenblick lang auf die dreimal bestrumpften Zehenspitzen und spähte über den See, wo Ida mit einem großen Besen den Schnee davonfegte und ein Lied in die Morgenkälte schrie.

»Solche Kälte«, sagte Frau Speck erschauernd. »Ihnen braucht man nicht erst Glück zu wünschen.« Eilig ging sie mit der großen Eisenpfanne davon.

Neid vergrößert das Besitztum des Nachbarn, doch ist noch keiner davon reich geworden.

Specks vertrieben sich die Winterabende damit, dass sie sich gegenseitig vorrechneten, wie unendlich viel Frau Hempel wieder verdient haben musste. Aber Frau Hempel hatte trotzdem wenig Erfreuliches auf Hempels Grab zu bringen. Nachdem sie von dem schönen Brief berichtet hatte, den Graf

Egon geschrieben, als er seinen Tod erfuhr, und die bunten Augen von Fritz Kempkes rundbusiger Braut getadelt hatte, sagte sie seufzend, dass ihnen aus diesem See kein Goldfeld wachsen werde. Die hundert Karten, die verkauft sein mussten, ehe man ein Zwanzigmarkstück in die Tasche bekam, waren im Winter schwerer zusammenzubringen als Sohlen und Hacken. Was im Sommer die Wunderwiese abgeworfen hatte, das hatte Lauras Aussteuer und sein Begräbnis erster Klasse gekostet. Es war nicht wahr, dass der Tod umsonst sei, wenn man es seinen Verstorbenen ein wenig nett machen wollte. Allerdings war das feine Grab für sie beide bestimmt. Sie wollte nicht, dass Laura später einmal so viel Geld für sie hergeben sollte. Das wäre ihr peinlich gewesen. Ihm gewiss auch. Eltern sollen für Kinder sorgen, aber nicht umgekehrt. Vielleicht würde dieses neue Jahr besser werden und keine zu großen Ausgaben bringen, die von niemand vorauszusehen waren. –

Von solcher Aussprache kam Frau Hempel mit neuem Mut nach Haus. Auch früher hatte Hempel schweigend zugehört, und am Seil der Gewohnheit führt uns die Zeit über Gut und Böse.

Die Tage wurden länger, ein suchender Hauch von Wärme mischte sich mit der rauen Luft. Die Bäume tropften, und das Eis wurde weich. Der Frühling kehrte zurück.

In Frau Hempels Haus bückten sich wieder drei Frauenköpfe über die Näharbeit. Auf dem See war nichts mehr zu tun, ehe der Sommer wiederkam. Er musste selbst sehen, wie er die Eisdecke loswurde, um sich wieder in kleinen Wellen blank und beweglich tummeln zu können. Lauras Aussteuer wurde tüchtig gefördert. Badetücher wurden gezählt und ausgebessert. Die Fahne war aus ihrem Winterversteck geholt und stand in einem Winkel der Küche.

Mutter und Tochter mieden nicht mehr Hempels Namen, sondern sprachen oft von ihm mit halblauter Stimme, wie man sich von jemand erzählt, der für lange Zeit auf Reisen gegangen ist. Draußen klappte zwischen den Pfiffen des fegenden Frühlings das gleichmäßige Klopfen fleißiger Hammer. Schon im Herbst hatte man nicht weit vom See den Grundstein zu neuen Häusern gelegt, die nun geschwinder als die ersten Blumen aus dem Boden stiegen. Sie sahen lustig aus wie Pfefferkuchenhäuschen.

Wenn sich das Hammergeklopf besonders stark in das Gespräch der Nähenden mischte, sagte Frau Hempel, dass die dort drüben schneller ein Haus machten, als Vater ein Paar gute Stiefel fertig gebracht hatte, aber dass das auch still stehen könne, wenn's fertig ist, und nicht durch Dick und Dünn zu laufen brauche.

Nach einer wilden Sturmnacht hatten die ernsten Winterbäume fröhliches Grün angesteckt. Frau Hempel ging auf den Kirchhof und ließ eine hübsche grüne Bank aufstellen auf den Platz, der ihr gehörte. Der Schnee war fort, und der Hügel war nichts als ein Haufen schwarze, weiche Frühlingserde. Ganz in der Nähe aber blühte schon ein kleiner rosiger Baum.

Der Gärtner sagte ihr, dass dies ein italienisches Mandelbäumchen sei. Die Dame, die darunter läge, wäre eine große Blumenfreundin gewesen. Nach kurzer Überlegung bestellte Frau Hempel einen gleichen zarten Baum für Hempel. Nun ging sie jeden Morgen, nachdem sie die Vormittagsarbeit verrichtet hatte, hier hinauf. Die Bank verspürte es, wenn sie sich etwas müde von dem Weg und ihren Gedanken darauf niederließ, denn Lina war noch immer breit und kräftig. Ihre Hände, die in diesen Tagen die bretterne Badeanstalt gründlich durchscheuerten, hatten den festen Griff behalten, aber über ihre Wangen liefen zwei tiefe Furchen. Nichts bleibt verborgen. Sie verrieten die vielen Tränen, die heimlich diesen Weg gerannt waren. –

Der Zaun um Specks Haus war mit gewaschenen Wollstrümpfen garniert. Speck düngte das Kohlfeld und schlief wieder mit zwei gefüllten Dungkübeln zu Häupten des Bettes. Mit dem Taschentuch vor der Nase eilte Frau Hempel hier vorbei.

Aber eines Morgens rief Speck sie auf dem Rückwege an und fragte, die Pfeife im Mund und die Hand im Mistkübel, ob man heute jemand neues da oben begraben hatte. Sie antwortete, dass sie nichts dergleichen bemerkt habe, alles sei still wie immer gewesen. Speck schüttelte verwundert den Kopf und berichtete, dass mehrere Herren mit hohen Hüten auf dem Kopf lange seine Wiese umschnuppert hätten. Frau Hempel meinte, dass dabei nichts Wunderliches sei. Wenn man aus der Stadt käme, könnte man hier schon schnuppern, denn solchen Duft bekäme man dort nicht alle Tage unter die Nase. Speck sah sie an, spuckte einmal aus, wahrscheinlich weil ihn der Tabak biss, und berichtete breit, dass die Herren auch die neuen Pfefferkuchenhäuser lange beäugt hätten. Dann wären sie zurückgekommen und hätten ihn gefragt, ob dies eine neue Gegend sei. Er habe ihnen geantwortet, dass die Gegend nicht neu sei, aber die Häuser, und darauf hätten sie die feinen Hüte vor ihm gezogen und wären nach dem Bahnhof zu davongegangen. Vorher aber hätten sie noch ihrem sauberen See von allen Seiten Maß genommen, als ob sie ihm einen Sommeranzug bestellen wollten. –

Auch Laura und Ida erzählten von den fremden Herren, die den See mit Zentimetermaßen aus Holz gemessen und sich alles mit Neugierde angesehen hätten. Frau Hempel meinte, dass es vielleicht Leute für die Wunderwiese gewesen wären, Kunsttaucher oder Wasserakrobaten, aber da lachten Laura und Ida. Es waren feine Herren gewesen mit kleinen runden Bäuchen und goldenen Uhrketten darauf.

Als am Abend der Schutzmann kam, beunruhigte ihn dieser Bericht. Er sagte, die Welt sei voll von Verbrechern, und er wolle diese Nacht vorm Hause bleiben. Frau Hempel meinte, Diebe hätten keine runden Bäuche, und er könne sich diesen Schnupfen sparen. Er blieb aber bei seinem Vorschlag und sagte, dass die Nächte schon sehr frühlingshaft seien. Er wisse es. Frau Hempel sagte, dass des Menschen Wille sein Himmelreich sei, und wenn die Einbrecher kämen, solle er sie wecken. Somit gingen sie alle ins Bett, und der Schutzmann blieb draußen. Die Nacht war recht frisch, und ehe sie halb herum war, steckte Ida den Kopf zum Fenster hinaus. Auch ein Schutzmann ist nur ein Mensch und kann sich erkälten. Ida machte dem treuen Wächter den Vorschlag, sich in ihrem Zimmer zu wärmen.

Manchmal belohnt sich Güte. –

Der Schutzmann hatte auf diese Weise schon mehrere Nächte durchwacht, ohne dass sich Verdächtiges gezeigt hätte. So vergaß man die Herren mit den hohen Hüten. Es gab genug zu tun. Man wollte die Badeanstalt neu anstreichen; denn die schöne Buntheit, die noch der tote Herr Godowsky angemalt hatte, war vom Schnee rücksichtslos fortgewaschen worden.

Speck half die Farben mischen. Man hatte sich für rot und blau entschieden, weil rot die Liebe und blau die Treue war.

Die Hälfte der Bretter blendeten schon im neuen Glanz, und die Luft war erfüllt von Terpentin. Laura machte das Pinseln großen Spaß, und sie wollte gar nicht damit aufhören. Aber jetzt verschleierte der Abend die Farben, und bis morgen musste die Arbeit eingestellt werden. Frau Hempel ging ins Haus, um sich die Farbe von den Händen zu bürsten. Laura, die kein Fleckchen an den geschickten Fingern hatte, blieb mit Ida auf der Treppe des Sees, der seinen weißen Pelz längst abgeworfen hatte und jetzt mit dem rötlichen Abendhimmel spielte.

So war Frau Hempel allein im Haus, als es klopfte und zwei schwarzgekleidete Herren, ohne viel Umstände zu machen, durch die nur angelehnte Tür traten. Frau Hempels feuchte Hände griffen nach dem Herd, und mit dem Küchen-beil spielend fragte sie, womit sie dienen könne.

Die Herren baten um einen Augenblick Gehör, und als Frau Hempel sie näher ins Auge fasste, fand sie, dass sie beide Ähnlichkeit mit Herrn Bombach hatten. Sie waren von seiner Art. Ruhig legte sie das Beil beiseite.

Die Herren erklärten, dass es jemand gäbe, der den See kaufen möchte, das Wasser und das Land hierherum. Frau Hempel sagte, dass das nicht ginge, weil sie selbst schon den See gekauft hätte und ebenso das Stück Wiese und das Haus hier.

Die Herren lächelten sich an und erwiderten höflich, dass ihnen das bekannt sei. Sie wollten den See daher von Frau Hempel kaufen.

Diese runzelte die Stirn. Das Lächeln war ihr nicht ent-gangen, und sie sagte, dass die Herren nicht so aussähen, als wenn sie einer Badeanstalt vorstehen wollten.

Sie lachten laut auf und sagten, da habe sie vollkommen recht, aber man wolle hier eine Art Villenkolonie bauen.

Frau Hempel horchte auf. Da konnten die nächsten Jah-re besser werden. Sie sagte, dass sie den See nicht verkaufen werde, wenn Leute in die Nähe zögen, die darin baden könn-ten.

Jetzt fingen die Herren an sich untereinander zu zanken.

»Wo Ihre Geschäftsklugheit steckt, möchte ich wissen«, schnauzte der eine den anderen an, der eben gesprochen hatte.

»Nennen wir endlich eine Summe«, sagte der Angegriffe-ne, »mit Worten habe ich noch nie ein Grundstück gekauft.«

Frau Hempel hatte sich gleichgültig abgewendet und schürte das Feuer auf dem Herd.

»Also, liebe Frau, wenn Sie noch einen Augenblick Zeit für uns haben«, sagte der kurze, starke Herr, der das meiste gesprochen hatte.

Frau Hempel drehte sich um und sagte, dass sich die Herren schon einen anderen See suchen müssten. Dieser wäre nicht zu verkaufen, und jetzt müsse sie Abendbrot machen. Wer arbeitet, muss essen.

Darauf sagte der andere Herr lächelnd:

»Also wir bieten Ihnen hunderttausend Mark für den ganzen Quark, bar ausgezahlt durch unsere Bank.«

Dabei lachten die beiden Herren.

»Nun hab ich aber genug von Ihrem Gespött«, schrie Frau Hempel.

»Gut, also hundertzwanzigtausend Mark«, sagte der Herr, ohne irgendwelche Verwunderung zu zeigen. Beide lächelten weiter.

Frau Hempel hob die Feuerzange, die sie in der Hand hatte, in die Höhe und machte damit unangenehm wirkende Bewegungen durch die Luft.

Auch die praktischsten Dinge können durch falschen Gebrauch gefährlich werden.

Die Herren griffen eilig zu den Hüten und gingen. Der kleine Dicke drehte sich in der Tür noch einmal um und sagte:

»Sie kennen nun unser Angebot, liebe Frau.«

Die Mädchen kamen aus dem Badehaus, und während Laura zur Mutter lief, schlich Ida den Fremden noch ein Stück nach. Sie hörte, wie der eine sagte:

»Das ist ja eine ganz rabiate Frau. Wie heißt sie doch?« Und er blickte in ein Notizbuch.

Diese Worte schrieb sich Schutzmann Degenbrecht erregt auf, als er kurze Zeit darauf, an den Herren vorübergehend, zu Besuch kam.

»Diese Kerle werden wir bald auf Nummer Sicher haben«, sagte er, und des Nachts bewachte er wieder tüchtig das Haus.

Aber es kam niemand anders als der Morgen. –

Man vergisst die Dinge schneller, als man sie erlebt, und bald waren die schwarzen Herren zum zweitenmal aus aller Gedächtnis.

Die Badeanstalt war jetzt ringsherum blau und rot ge-streift, wie wenn sie in einen flotten Trikotanzug geschlüpft wäre. Die Fahne war auch geflickt, gewaschen und geplättet und konnte jeden Tag in die Luft schweben.

Die Sonne zeigte sich schon zugänglicher, und man nähte bei geöffneten Fenstern.

Als Laura das erste Veilchen fand, sagte sie, dass es nun nur noch sechs Monate bis zum Herbst wären. Und sie lä-chelte dankbar, denn wenn der Sommer vorbei war, wollte Graf Egon zurückkehren.

Es wäre jetzt an der Zeit gewesen, die Wunderwiese wie-der anzukündigen, aber Frau Hempel verschob es von Tag zu Tag, weil sie der Hundertmarkschein dauerte, den es kos-ten würde. Aber eines Morgens erinnerte sie sich auf dem Platz neben dem Mandelbaum, wie oft Hempel gesagt hatte: Was sein muss, muss sein. Am nächsten Tage steckte sie das Geld in den Pompadour, zusammen mit den Zetteln, die ihr Herr Otto im Vorjahr ausgeschrieben hatte. Sie kleidete sich mit Sorgfalt an und legte gerade den langen Witwenschleier vorsichtig über den Hut, als es klopfte und wieder die bei-den schwarzen Herren auf dem Sonnenstreifen, der durch die halb offene Tür fiel, hereintraten.

Am Morgen sieht alles besser aus. Die lächelnden Herren und die Dame im Schleier begrüßten sich um vieles freund-licher, als sie sich voneinander verabschiedet hatten. Auch brachten die Herren heute etwas Geschriebenes mit, das Frau Hempel langsam und genau durchbuchstabierte. Es sah wirklich so aus, wie wenn jemand so verrückt sein wollte, ihr einen Haufen Geld auszuzahlen, wenn sie den See wie-der hergab. Am Schluss des Schreibens stand ein Name, den sie kannte. Der Direktor der Bank war der Bankdirektor aus Bombachs Haus. Frau Hempel gab das Schreiben zurück und sagte, dass sie ohnedies in die Stadt hineinwollte und den Herrn Direktor besuchen werde. Wenn es der sei, den sie kenne, werde er sie nicht zum Narren halten; denn der kenne sie. Die Herren verbeugten sich, und man verließ gemeinsam das Haus. Als sie an den neu erbauten bunten Häusern vorüber kamen, sagte der dicke, kurze Herr, dem beim Gehen der Atem durch die Nase pfiff, als hätte er eine kleine Flöte dort eingeklemmt, dass solche Häuserchen reizend wären, wenn man nicht darin zu wohnen brauchte. –

Auch ein gutes Gedächtnis braucht Anhaltspunkte. Als der Herr Bankdirektor die schwarz verschleierte Dame empfing, die an der Tür stehen blieb, breit lächelte und fragte: »Kennen Sie mich noch, Herr Direktor?«, hatte er keine Ahnung, wer vor ihm stand. Er verbeugte sich und durchflog rasch das Schreiben, das ihm einer der Herren übergeben hatte. Seine buschigen Augenbrauen zogen sich zusammen. Es lag ihm viel an diesem Grundstück. Der Bauwind wehte mit aller Macht nach Frohndorf. Er wusste, dass sich die Wasserwerke um den See bemühten.

Er schob der gnädigen Frau den tiefen Ledersessel zu und bat sie, Platz zu nehmen. Aber die Dame blieb an der Tür stehen und wiederholte nur lächelnd:

»Kennen Sie mich wirklich nicht wieder, Herr Direktor?«

Es gibt wenige Männer, die ganz unbesorgt sein können, wenn eine verschleierte Frau geheimnisvoll lächelnd fragte, ob man sie nicht wiedererkenne. Der Herr Direktor warf unruhige Blicke auf Frau Hempels Riesengestalt und atmete erleichtert auf, als sich Frau Hempel auf sein Zureden hin endlich zu erkennen gab und ihn daran erinnerte, dass sie mehr als einmal seine Hemden gewaschen habe. Er lächelte und erwiderte, das werde die gnädige Frau nun wohl nicht mehr nötig haben, schob ihr den Sessel noch etwas näher und bat sie, auf die heutige Angelegenheit zurückzukommen. Er habe in fünf Minuten eine wichtige Sitzung.

Aber es dauerte eine Stunde, ehe sich Frau Hempel davon überzeugen ließ, dass alles seine Richtigkeit habe. Vor allen Dingen verzögerte es den Schluss der Verhandlung, dass Frau Hempel schon in kurzer Zeit das Haus und die neu bemalte Badeanstalt verlassen sollte. Sie hatte vierzig Mark und sechzig Pfennige allein für Farbe ausgegeben. Der Direktor, dessen Zehenspitzen in Lackschuhen wie Sekundenzeiger auf dem dicken Teppich tippten, kam schließlich auf den Gedanken, die Unkosten des Anstreichens vergüten zu lassen. Die Kaufsumme von hundertzwanzigtausend Mark wurde um vierzig Mark und sechzig Pfennige erhöht. Der Direktor wollte der Bequemlichkeit halber fünfzig Mark zuschreiben lassen, aber Frau Hempel wehrte heftig ab. Betrügen wollte sie nicht.

So war man endlich einig geworden. Beiden Verhandelnden stand kalter Schweiß auf der Stirn. Kein Preis ohne Mühe. –

Als Frau Hempel durch das Glücksrad der schweren Spiegeltür aus dem gewaltigen Steingebäude auf die lebhafte Straße gedreht wurde, war ihr nicht anders zumute, wie wenn ihr Herr Bombach den Dienst gekündigt hätte. Ihr Kopf war schwer, und in der Nase noch den feinen Duft von Juchtenleder und echtem Tabak versuchte sie, ihre Gedanken gewaltsam zusammenzuhalten. Aber es wollte ihr nichts anderes deutlich werden, als dass sie in Kürze aus dem Hause sollte, das so nahe bei Hempel lag, und dass sie die hübsche, bunte Badeanstalt vergeblich von unten bis oben in Ordnung gestellt hatte.

Sie war heute eine Dame geworden, der man einen Sessel zuschiebt, wenn sie ins Zimmer tritt, aber gerade jetzt regte sich das Bauernblut in ihr. Sobald sie in das stille Haus zurückgekehrt war, um das die Frühlingserde duftete, rief sie Laura in das kleine Stübchen hinein, das sie hinter ihr und sich fest verriegelte. Mit halber Stimme erzählte sie, was sich ereignet hatte. Laura hörte ängstlich zu. Das Herz hat seine eigenen Gedanken, und sie atmete erst wieder freier, als sie hörte, dass nichts geschehen war, was sie von Egon trennte.

»Die Hauptsache ist, dass niemand uns das viele Geld anmerkt«, sagte Frau Hempel.

»Aber warum hat man es denn?«, fragte Laura enttäuscht.

Frau Hempel schwieg und sann angestrengt nach. Laura wiederholte ihre Frage.

»Ich glaube, damit man die nicht mehr zu fürchten braucht, die auch vieles haben«, sagte Frau Hempel langsam.

Dann stand sie auf und ging in die Küche, um den Sauerkohl abzuschmecken, der auf dem Herde brodelte und dessen kräftiger Geruch endlich den süßen Duft aus dem teppichbelegten Zimmer des Herrn Bankdirektors davonjagte. –

Bis zum Abend nähte man, ohne viel zu sprechen. Frau Hempel wollte herausfinden, was nun werden sollte, und Laura versuchte zu begreifen, dass es Wirklichkeit werden sollte, was sie hinter ihrer Stirn gebaut und geträumt hatte.

Draußen kreischten die Spatzen in wildem Frühlingsmut, sie fühlten, dass der Sommer vor ihnen lag.

Als es Abend wurde und man den gewärmten Kohl, der vom Mittag übriggeblieben war, verzehrt hatte, kochte man Seifenwasser, denn morgen sollte Waschtag sein. Frau Hempel wusch auch alles, was zu Specks Haushalt gehörte, wofür sie einige große Kohlköpfe als Bezahlung nahm.

Als die Wäsche in der Seife lag, ging man schlafen. Frau Hempel sagte, dass sie müde wäre, als hätte sie heute eine Riesenarbeit verrichtet.

Das Licht verlöschte hinter den Fenstern. Der Tag war vorüber, an dem sie in aller Heimlichkeit eine höhere Stufe der Gesellschaft erstiegen hatten. –

Aber Geheimnisse gibt es nur in unserer Einbildung. Was wir selbst dafür halten, ist unseren Bekannten der behaglichste Gesprächsstoff.

Am anderen Morgen trennten Wolken von Seifendampf und Schaum das kleine Haus mit dem großen Geheimnis von der Außenwelt. Aber am Nachmittag, als sich die Wolken

teilten und nur ein sanfter Kaffeeduft durch den Küchen-
dunst zog, kamen Herr Otto und die Nachbarn Speck lebhaft
sprechend darauf zu.

Frau Hempel trat vor die Tür und fragte, ob der Sonntag
diesmal einen Tag früher falle.

Herr Otto schwang ein Zeitungsblatt und sagte bedeu-
tungsvoll, man müsse die Feste feiern, wie sie fallen. Aber ehe
sie die Küche betraten, winkte auf der Lindenallee jemand
heftig mit einem dicken Regenschirm, und man erkannte
Frau Kempke, die sich mit schnellen Schritten näherte. Rot
und außer Atem rief sie schon über den Gartenzaun, ob es
wahr sei, dass die Badeanstalt mit ungeheurem Gewinn verkauft wäre.

Frau Hempel überhörte diese Frage, weil sie für ihre Gäste
Kaffee aufbrühen wollte. Aber als Frau Kempke dicht neben
sie an den Herd trat und ihre Frage wiederholte, sagte sie
achselzuckend, dass sie allerdings die Badeanstalt ohne besonderen Schaden verkauft hätte.

»Ist es die Möglichkeit?«, schrie Frau Kempke auf und
schien ganz den Atem verlieren zu wollen. »Zwanzig Jahre
haben Godowskys diese Baracke ausgeboten wie ranzigen
Likör, und keine Katze hat etwas dafür geben wollen.«

Frau Hempel erinnerte sie daran, dass sie ihr im vorigen
Jahr sehr zu diesem Kaufe geraten habe.

Frau Kempke antwortete, dass sie sich nicht mehr darauf
besinnen könne, und warf den Kopf so heftig zurück, dass
ihr der kleine Tüllhut mit der zitronengelben Rose, der in
Eile und Erregung aufgesetzt worden war, in den Nacken
rutschte.

Sobald man sich gesetzt hatte, entfaltete Herr Otto das
Zeitungsblatt und las mit erhobener Stimme vor:

»Wieder ein Stück Heimat geopfert. Der liebliche Frohndorfer See, wo die Stille noch Volkslieder sang, ist heute in
den Besitz einer Großbank übergegangen. Bald werden wir

Steine finden, wo Blumen standen. Die vielen Großstädter, die dort täglich von weither kamen, um die Morgenfrische zu atmen oder die Abendsonne in rötlichem Glanze untergehen zu sehen, sind wieder um ein köstliches Kleinod bestohlen. Gestern noch atmete ich dort stundenlang den stillen Abendfrieden ...«

»Hier ist seit Wochen kein Mensch gewesen«, unterbrach Frau Hempel den Lesenden, »und Blumen gibt's hier gar nicht.«

»Aber wie schön klingt es«, sagte Frau Speck und schluchzte auf ihr Strickzeug.

»Mir kann es gleich sein«, sagte Herr Otto und legte das Blatt in Falten. »Ich wäre in diesem Jahre doch nicht gekommen. Ich reise mit einem reichen Patienten, der beinahe normal ist. Sein einziger Fehler ist, dass er sich einbildet, auf der Sonne zu sein. Damit schadet er keinem Menschen, und schließlich ist jeder auf seine Weise verrückt.«

Er hatte sich in Heftigkeit geredet und warf das Zeitungsblatt weit von sich fort.

Speck lachte, dass die Pfeife zwischen seinen Lippen Sprünge machte.

»Auf der Sonne«, sagte er und lachte wieder, »da kann er seinen Kohl gleich gebraten pflanzen.«

Das Lachen brachte das Gespräch in behaglichere Bahnen. Auch war der Kaffee fertig und eingeschenkt. Aber sobald die Tassen leer waren, verabschiedete man sich. Der Werktag rief alle wieder zurück. Als man sich die Hände zum Abschied drückte, atmeten alle Gäste eine Kälte aus, als ob Frau Hempel sie alle bestohlen hätte und es nur ihrer Güte danke, dass man sie nicht bei der Polizei angab.

Erschreckt und allein blieben Laura und sie zurück.

Ida machte mit Degenbrecht einen Gang um den See, weil sie miteinander zu reden hatten.

Man sagt oft, dass Reichtum nicht glücklich macht; obwohl die wenigsten aus Erfahrung sprechen, muss etwas Wahres daran sein.

Beängstigende Träume hatten Frau Hempels guten Schlaf gestört. Speck hatte den hübschen klaren See mit Mist füllen wollen, während seine Frau mit grässlichen großen Nadeln dicht vor Frau Hempels Augen strickte. Herrn Ottos reicher Patient hatte ihr die Sonne an den Kopf geworfen, und Frau Kempke war mit der Badeanstalt auf dem Rücken zum Bahnhof gerannt.

Als Frau Hempel glücklich erwacht war, fühlte sie noch die Schrecken der Nacht in den Gliedern. Müde und schwer stand sie auf, um die Fenster dem Sonntagsmorgen zu öffnen. Schwere goldene Sonne flutete ins Zimmer, und die frische tauige Luft tat wohl. Frau Hempel wollte sich gerade des schönen Wetters freuen, das dem Bäumchen auf Hempels Grabe und den anderen Pflanzen, die inzwischen dazugekommen waren, gut tun würde, als sie auf dem Tisch einen großen Brief fand, den Laura leise hereingebracht haben musste, während sie im Kampf mit den feindlichen Träumen gelegen hatte.

Auf dem Umschlag stand der Name der Bank, von der sie das viele Geld erhalten sollte. Vielleicht schrieben sie, dass das Ganze ein Irrtum gewesen wäre und alles beim Alten bleiben könne. Sie öffnete den Brief ohne Zagen. Man fragte die sehr geehrte Frau, wie sie das auf ihrem Namen stehende Vermögen angelegt zu haben wünsche, bat noch um einige Papiere und um eine Rücksprache an einem der nächsten Tage.

Da saß Frau Hempel vor einem neuen Schreck. Wie soll man Geld – anlegen? Misstrauisch las sie noch einmal Wort für Wort des kurzen Schreibens, ohne dadurch klüger geworden zu sein, noch Rat gefunden zu haben.

Von draußen summte ein süßes Klingen herein. Laura plättete im Garten auf dem Tisch, der alle frohen Sommergäste gesehen hatte, weiße Wäsche, und im Takt des auf und nieder gleitenden Eisens sang sie von einem, der ihr im Herzen und der ihr im Sinn lag.

Mit der gleichen Unermüdlichkeit, womit sich die täglichen Bedürfnisse wiederholen, kamen diese Worte wieder und wieder in Frau Hempels angestrengtes Sinnen, bis auch ihre Gedanken plötzlich zu Graf Egon sprangen, zu ihrem Schwiegersohn, dem Grafen, der selbst ein Teil einer solchen geheimnisvollen Bank war.

Noch einmal nahm sie den Brief zur Hand, aber schon nach den ersten Worten legte sie ihn wieder fort.

Der Mensch soll das Unerklärliche nicht zu enträtseln suchen. Frau Hempel gab sich einen Ruck und rief nach Laura. Der Gesang verstummte, und Laura kam angesprungen.

Frau Hempel fragte, ob sie glaube, dass Graf Egon diese Geldgeschichten verstehen und ehrlich ausführen würde. Laura antwortete, dass Graf Egon natürlich alles aufs Vortrefflichste verstehe, weil er der beste und der klügste Mann der Welt sei.

Daraufhin meinte Frau Hempel, man müsste ihm mitteilen, dass er hier notwendig sei. Laura überfiel der Wagemut der Liebe, und sie sagte, dass man das nur telegrafisch machen könne, weil es sonst viel zu lange dauern würde, bis Graf Egon hier sein konnte. Sie habe für Frau Leutnant viele Telegramme zur Post bringen müssen und wisse genau, wie man das mache. Einige Augenblicke später sah Frau Hempel sie schon durch die knospende Lindenallee mit großen, wiegenden Schritten nach Frohndorf zum Postamt gehen.

Aber als Laura ganz in der Nähe der runden Augen des Postbeamten Graf Egons feinen Namen und seine schwere Adresse sauber niedergeschrieben hatte, errötete sie und wusste nicht weiter. Endlich schrieb sie mit ganz kleinen Buchstaben: Bitte kommen. Und möglichst weit davon ihren Namen. Dann gab sie das Papier ab.

Schon am Nachmittag kam eine Antwort. In drei Tagen wollte Graf Egon hier sein. Frau Speck, die sich zum Sonntagskaffee eingefunden hatte, weil sie und Speck sich seit gestern fortwährend stritten, wie hoch die Summe sein mochte, die Frau Hempel bekommen hatte, sagte bei dem Erscheinen des Telegrafenboten, dass man merke, dass man bei reichen Leuten ist. Sie setzte auf alle Fälle ihre Brille auf und fragte, ob es nichts Unangenehmes wäre.

Frau Hempel sagte, dass es eine angenehme Nachricht sei. Sonst war nichts zu erfahren, und Specks Abendfrieden war wieder aufs neue gestört. Wissenseifer verscheucht den Schlaf.

Graf Egon jedoch war überzeugt davon, dass ein großes Unglück geschehen sein müsse, und er legte die weite Reise in großer Sorge zurück.

Kein Unheil ist so groß als die Angst davor. Als er erfuhr, was sich ereignet hatte, überwand er baldigst den großen Schreck.

Er verstand sofort, um was es sich in dem Brief und in den Papieren handelte. Das merkte Frau Hempel. Sie glaubte ihm, als er sagte, dass er ihr alles aufs Beste werde ordnen können. Als es Abendbrotzeit war, beschloss sie, ihm als Dank Kartoffelpuffer zu backen. Seit Hempels Tode waren keine mehr auf diesem Herde gebraten worden.

Der beste Rat ist der, der uns am besten gefällt. Graf Egon riet mancherlei und zwischen anderem auch, dass Frau Hempel das Geld in einem hübschen Hause im westlichen Teil der Großstadt anlegen sollte. Das würde sie zu verwalten verstehen wie nur eine. Sie würde ihre Arbeit und ihre Freude daran haben und es in zwanzig Jahren mit großem Gewinn weiterverkaufen können.

Hier lachte Frau Hempel und sagte, in zwanzig Jahren werde sie wohl ihren Platz neben Hempel eingenommen haben, sonst erkenne er sie am Ende nicht wieder. Aber sie konnte ihre Freude über diesen Vorschlag nicht verbergen.

Graf Egon sagte, dass man auf seiner Bank immer derartige Angebote zur Verfügung habe und dass er sich sofort danach erkundigen werde.

So kam es, dass Frau Speck jeden Morgen, wenn sie sich im Wolltuch vors Haus setzte, um die Kartoffeln zu schälen, die auch schon im Keller im armseligen Frühlingssehnen zu blühen begannen, ruhig mit ansehen musste, wie Frau Hempel und ihre Tochter in Sonntagskleidern den Weg zum Bahnhof nahmen.

In der Stadt wurden sie von Graf Egon erwartet, um mit ihm durch die Straßen zu fahren und sich die Häuser anzusehen, deren Adressen er in der Tasche hatte.

Sobald Frau Hempel ein Haus betrat, fragte sie nach der Portierwohnung, die stets das erste war, was sie sich ansah. Sie merkte, dass, je kostbarer ein Haus ausgestattet war, umso elender und sparsamer der Raum bedacht war für die Familie, die all diese Pracht sauber halten sollte.

Eine Schande nannte Frau Hempel solche Häuser, und sie wollte sie nicht haben, wenn man sie ihr schenkte. Die Herren Hausbesitzer, mit denen sie zu tun hatte, hielten die starke Dame für hochgradig nervös. Einige von ihnen machten sie darauf aufmerksam, dass solche Leute wirklich nicht diese Fürsorge verdienten, sie wären nicht gewohnt, mit Glacéhandschuhen angefasst zu werden.

Unter den zum Kauf angebotenen Gebäuden befand sich auch Herrn Bombachs Haus. Frau Hempel schalt es einen alten Kasten, aber sie konnte doch nicht widerstehen, sich ihn anzusehen. Mit einem schrägen Seitenblick auf das kleine Fenster, wo immer Hempel gesessen hatte, ging sie mit festem Schritt durch den Flur und die Vordertreppe hinauf zu Bombachs. Auf ihr Klingeln öffnete der Hauswirt selber, denn er hatte wieder einmal beide Mädchen hinausgeworfen. Er war erfreut, Frau Hempel zu sehen, weil er glaubte, dass sie sich als Portierfrau zurückmelden wollte. Er hatte mit der Wahrsagerin großen Ärger. Das Holzbein des Mannes war wurmstichig geworden, und sie behaupteten, dass dies von der Kellerluft herrühre. Sie verlangten Schadenersatz, den er natürlich nicht zahlen würde, aber den gesundheitsschädlichen Ärger hatte er weg.

»Man hat viel Mühe, sein Leben zu fristen«, sagte er und pustete nach Luft. Er war bei allem Ärger recht rund geworden.

Auch Frau Bombach kam herein und begrüßte Frau Hempel gemessen, aber freundlich. Sie hatte schon hinter der Tür den Zweck ihres Besuches erfahren. Sie sagte einige höfliche Worte über Hempels Tod und fügte hinzu, dass das Unglück keinen Unterschied zwischen Vornehm und Gering mache. Ihr Hans Friedrich habe die Masern gehabt, und über die elegante Frau Leutnant, bei der Laura im Dienst gewesen war, höre man auch allerlei. Sie solle wieder bei ihren Eltern sein, nachdem der Herr Leutnant die Mitgift durch den Schornstein gejagt habe.

Dann wurde Frau Hempel durch das Haus geführt. Auf Schritt und Tritt sah sie, dass die Wahrsagerin ein schmutziges Faultier war. Der Zorn kochte in ihr.

Sie verabschiedete sich bald und sagte nichts weiter, als dass es einmal anders hier ausgesehen hatte.

»Allerdings ist es kein Haus für Portierleute«, zischte Herr Bombach, der über alle Maßen gern das Haus losgeworden wäre, weil er und Minchen sich nach einer Villa in einem der stillen Vororte sehnten.

Ohne Gruß ging man für immer voneinander.

Verkäufer und Abnehmer dürfen sich nicht allzugut kennen, wenn ein Handel zustande kommen soll.

Schließlich fand sich doch ein hübsches hellgraues Haus, wo auch die Portierleute eine helle Küche hatten, in der sich eine schön gemalte Borte von Sonnenblumen um den Herd schlängelte. Es hatte breite und blumengeschmückte Balkone. Das Dach zierte ein Turm, dessen Wetterfahne ein Automobil war, das der Wind lenkte.

Es war recht nach Frau Hempels Geschmack. Neu und sauber innen und außen. Zwei Wohnungen waren noch ohne Mieter. Die kleinere im Zwischenstock wollte Frau Hempel selbst haben, die größere darüber sollte das gräfliche Heim des jungen Paares werden.

Nachdem Frau Hempel jeden Winkel darin genau kannte, ging das Haus wirklich in ihren Besitz über. In einem Monat wollte sie es beziehen, aber sie kaufte der Portierfrau sofort neue Besen von der besten Art und sagte, dass man mit einem guten Besen die halbe Arbeit habe. Es schien eine saubere Frau zu sein. Der Mann war Tischler und arbeitete aus dem Hause. Sie hatten ein kleines Mädchen, das jedesmal einen tiefen Knicks machte, wenn ein Blick der künftigen Hauswirtin auf sie fiel.

»Lassen Sie sie niemals auf dem Straßendamm spielen, das habe ich auch niemals erlaubt«, sagte Frau Hempel und strich dem in der Kniebeuge verharrenden Kinde über das mit Wasser glatt gestriegelte Haar.

»Sie sind zu gütig, gnädige Frau«, dankte die Portierfrau mit einem unsicheren Blick der Verwunderung.

Der Herr Baumeister, von dem Frau Hempel das Grundstück erworben hatte, stand dabei und sagte, dass die gnädige Frau gewiss eine tatkräftige Frauenrechtlerin sei, und er machte ihr darüber viele Komplimente.

Frau Hempel hörte nicht viel davon. Erregung und Erinnerung pochten in ihr wie ein emsiger Schusterhammer. –

Auch Graf Egon musste die erstaunliche Nachricht, die er heute mitgebracht hatte, mehrere Male wiederholen, ehe Frau Hempel sie aufnahm. Seine Mutter, die Gräfin, bat Mutter und Tochter zu sich zum Abendbrot. Man wollte gemeinsam den Tag der Hochzeit festsetzen.

Als die Gräfin von ihrem Sohn erfahren hatte, welche Wendung das Geschick dieser Portierleute genommen hatte, hatte sie einen langen Seufzer ausgestoßen und nach einer Weile hinzugefügt, dass niemand wisse, wieviel Unglück ein Mensch ertragen könne. Wenn er durchaus bei seinem Willen beharre, sei sie bereit, Frau und Fräulein Hempel bei sich zu empfangen und als Verwandte zu begrüßen. –

Schwarz war die Lieblingsfarbe der Gräfin, und als Mutter und Tochter in ernster Trauerkleidung ihr bescheidenes Wohnzimmer betraten, fühlte sie sich wohltuend berührt.

Sie küsste Laura auf die Stirn und sagte: »Sei willkommen, mein Kind, im Kreise der Grafen von Prillberg.«

Frau Hempel schnaubte sich mit einem großen blütenweißen Taschentuch krachend die Nase und sagte: »Mein Mädchen wird keinem Unehre machen, Frau Gräfin.«

Während man vorsichtig auf den Samtsesseln Platz zu nehmen suchte, ohne die Decken zu verschieben, die ihre Schäden verbergen mussten, fügte sie hinzu, dass Laura wohl alles habe, was zu einer Gräfin gehöre, nur dass sie nicht Französisch sprechen und nicht Klavier spielen könne, müsse noch nachgeholt werden. Es wäre eben alles viel rascher gekommen, als man vorausgesehen hatte. Aber schon in den nächsten Tagen sollte Laura mit dem Unterricht beginnen, den sie auch später weiter bezahlen werde. Laura sollte alles haben, was dazugehöre.

Die Gräfin meinte, dass man in neuester Zeit, wo es ohnehin Lärm genug gab, in den besten Kreisen vom Klavierspiel etwas abgekommen sei, man spielte dafür Tennis und trieb Gymnastik. Laura sagte, Tennis könne sie spielen, worüber die Gräfin sehr erfreut war. Sie bot sich an, den französischen Unterricht selbst Laura zu erteilen. Sie spräche vollkommen Französisch, und man könne das Lehrgeld dafür sparen. Sie schrieb gleich die Namen einiger Bücher auf, die sich Laura zu diesem Zwecke besorgen sollte, und wurde beinahe heiter bei dem Gedanken an die neue Tätigkeit.

Als man bei Tisch saß, kam die Rede auf die bevorstehende Hochzeit. Frau Hempel sagte, dass sie von ihrer Seite Herrn Otto als Trauzeugen vorschlagen würde. Die Frau Gräfin fragte, wer das wäre, und Frau Hempel erklärte ihr, dass es ihr früherer Bademeister sei, der aber jetzt einen festen Posten in einem Irrenhaus habe.

»O Gott«, sagte die Gräfin und legte die Gabel aus der Hand. Sie sah aus, wie wenn sie das Ableben eines nahen Verwandten erfahren hätte.

Frau Hempel merkte, dass nicht alles richtig war, und sagte einlenkend, dass man auch Herrn Speck wählen könnte. Er sei ein Landbesitzer und sein eigener Herr. Aber sie fürchte, dass er den Dunggestank zu fest in den Kleidern habe.

Die Gräfin wurde noch trauriger. Sie sprach jetzt von der Hochzeit wie von einem Leichenbegängnis.

Die beiden, die diese Angelegenheit ganz insbesondere anging, hörten nicht viel von dem Gespräch der Mütter. Sie hatten genug mit sich selbst zu tun. Laura verbarg eine Haselnuss in der festen Faust, die ihr Graf Egon durchaus entreißen wollte, was beide sehr zum Lachen reizte. Die Gräfin, die den betrübten Kopf hoch aufgestellt im Nacken hatte, wodurch die goldene Krone unter ihrem spitzen Kinn ganz frei und sichtbar glänzte, hatte schon mehrmals daran erinnert, dass es doch nicht auf ein Nüsschen mehr oder weniger ankäme und eine ganze Schale davon auf dem Tisch stände. Aber man überhörte ihre Worte.

Zum Glück wird jede Nuss einmal geknackt. Ehe man

sich verabschiedete, war man auch über die Hochzeitsbestim-
mungen einig geworden.

Der Graf musste noch für einen Monat auf seinen früheren Posten zurückkehren. Sobald er wiederkam, sollte die
eheliche Verbindung in aller Stille stattfinden. Für die Trauzeugen wollte er selbst sorgen. –

Der Graf reiste, und die Mütter trafen täglich zusammen,
um Einkäufe für den künftigen Hausstand zu machen. Frau
Hempel kehrte stets ganz erschöpft zurück und sagte, dass sie
es nun begreife, dass mit dem Kopf arbeiten mehr anstrenge
als mit den Händen. Die Gräfin aber kam stets sehr munter
heim, so dass ihr erstauntes Dienstmädchen sich seine eigenen Gedanken machte und zu der Meinung kam, dass ihre
Herrin diese alten Ahnen, über die sie so viel geweint hatte,
wiederbekommen oder eingewechselt habe.

Jeden zweiten Tag kam Laura mit Büchern unter dem
Arm und einem schüchternen Lächeln um den wach geküss-
ten Mund zu ihrer Schwiegermutter, um in die französische
Sprache eingeführt zu werden. Das erste Zeitwort, das sie
lernen sollte, war: lieben. Sie errötete und zögerte vor Egons
Mutter, dieses vertraute Wort zu konjugieren. Die Gräfin
erklärte mit dem Ernst, der ihr eigen war, dass man das in
jeder Sprache zuallererst lernen müsse. Laura gehorchte und
bekannte gehorsam: J'aime – Ich liebe. Aber jedesmal, wenn
sie: nous aimons – wir lieben sagte, musste sie die Gräfin anlächeln, weil sie dachte, dass sie jetzt gewiss denselben vor
Augen habe wie sie. So wandelte sie diese Konjugation zu
Freunden. –

Wenn Laura mit den Büchern zurückkam, fand sie die
Mutter stets bei einer häuslichen Beschäftigung. Sie räumte
und packte und besserte die alten Sachen aus. Oft stand sie
auch vor dem Plättbrett und bügelte aus ihrem langen Witwenschleier die Kniffe und Strapazen des staubigen Tages.

»Kein Wunder, dass die reichen Leute viel Geld brauchen«,

sagte sie. »Wenn man die Sonntagskleider am Wochentag trägt, ist man bald mit ihnen fertig.« Sie hielt den Schleier gegen das Licht und meinte, dass sie sich bald vor Hempel schämen müsste, mit einem solchen Schleier zu kommen.

»Kaufe dir einen anderen, Mutter, wozu haben wir denn das viele Geld«, sagte Laura und lachte. Sie wusste nun für alles einen glücklichen Ausweg. Sie hatte den Arm um die breiten Schultern der Mutter gelegt, aber ihre Augen sahen in der Ferne den neuen, eignen Weg zwischen Sonnenschleiern dämmern. –

Das Leben ist ein Versteckspiel unter Schleiern. Zu Lauras Hochzeit kaufte sich Frau Hempel einen neuen Trauerschleier, der viel kostbarer als der erste war.

In vornehmen Falten verdeckte das tiefschwarze Gewebe die derbe kräftige Gestalt, die jene zarte, die nun Gräfin werden sollte, an einem schweren Arbeitstage geboren hatte. Er wurde zusammen mit Lauras Brautschleier gekauft, der zart wie Spinngewebe des schlanken Mädchens glückliche Züge durchschimmern ließ.

In dem leichten, leise knitternden Paket, worin Frau Hempel behutsam den weißen und den schwarzen Schleier heimtrug, lag noch ein dritter von festerem Gewebe. Er war für Ida bestimmt, die noch vor Laura in den Ehestand treten sollte. Sie hatte sich einen recht dauerhaften Schleier gewünscht, den sie auch noch in fünfundzwanzig Jahren bei der silbernen Hochzeit tragen konnte und der nicht gleich zerriss, wenn das Kind danach griff.

Im Gegensatz zu Lauras Feier, die nur im engsten Kreise stattfinden sollte, hatte der Schutzmann zu seiner Verbindung mit Ida viele Gäste in das Frohndorfer Wirtshaus geladen und ein gutes Essen bestellt. Er sagte, dass man möglicherweise nur einmal heirate und die Feste feiern müsse, wie sie fallen. An diesem schönen Tage sollte auch der Junge getauft werden, der ohnedies seinen guten Happen von der Festtafel haben sollte. Denn wer war schließlich mehr dazu berechtigt, bei der Hochzeitsfeier der Mutter zu sein, als ihr einziger Sohn?

Trotzdem die meisten Gäste Ida vorher niemals gesehen hatten, kamen alle gern, und das Fest verlief zu aller Zufriedenheit. Es gab einen Schweinebraten mit Teltower Rübchen, von dem Herr und Frau Degenbrecht noch oft in ihrer freundlichen Ehe sprachen. Auch der runde Täufling, der abwechselnd auf dem Schoß der Braut und den Knien des Bräutigams saß, gefiel sehr. Man fand ihn gehorsam und stramm und stellte die große Ähnlichkeit zwischen ihm und dem Schutzmann fest.

Wann machte Fantasie nicht glücklicher als Wissen?

Das Leben gleitet. Nicht einen Atemzug lang halten wir es fest. Immer sind unsere Gedanken in Zeiten, die schon vergangen sind oder erst kommen sollen. –

Es war längst nicht mehr gestern gewesen, dass Laura als Gräfin von Prillberg das kleine Haus am See verließ und mit Graf Egon auf eine fröhliche Reise ging. Sie waren an das Meer gefahren, das zu sehen sich Laura schon gewünscht hatte, als sie im Scheuereimer der Mutter die Papierschiffchen schwimmen ließ. Sie schrieb auf bunte Karten, wo schräge Schiffe zwischen hohen Wellen schaukelten, dass sie niemals einen so feinen Sand gesehen hatte als hier am Rand des Meeres. Ja, wenn die Mutter dieses Pulver zum Scheuern gehabt hätte. Und sie beschrieb die kleinen saubern Körnchen, die warm und federleicht durch die Finger rannten und in der Sonne wie winzige Brillanten flimmerten.

An jedem Morgen kam ein solcher Gruß, den Frau Hempel genau und immer wieder las und von allen Seiten beguckte. Sie hatte nun viel Arbeit, da beide Mädchen fort waren und der Umzug in die Stadt besorgt sein wollte. Aber sie war froh über diesen Zwang. Das ganze Haus war fremd und anders geworden, seit Laura durch keine Tür mehr kam. Sie sprach auf Hempels Grab viel über diese Veränderung und erinnerte ihn daran, wie schlecht sie damals schliefen, als Laura zu Bombachs gekommen war und das erstemal, seit sie auf der Welt war, nicht neben ihnen geschlafen hatte. Nun war das für immer vorbei. Aber man hatte erreicht, was man gewollt hatte. Ein schwerer Seufzer strich über das stille Feld mit den vielen Hügeln im Frühlingsgrün.

Als Laura zurückkehrte, hatte sich Frau Hempel an ihr Alleinleben gewöhnt. Sie sagte kein unzufriedenes Wort und war immer in Tätigkeit. Sie wollte keine Dienstboten haben. Sie sagte, dazu kenne sie zu viel vom Leben. Sie besorgte ihren Haushalt und alle Arbeit, die er brachte, selbst. Nur das Fensterputzen musste die Portierfrau verrichten, weil es Graf Egon und Gräfin Laura vielleicht unangenehm gewesen wäre, wenn man ihre Frau Mutter mit Scheuertuch und Schürze im Fensterrahmen gesehen hätte. Sie war stets darauf bedacht, den Kindern keine Unehre zu machen. Von Laura sprach sie nie anders als von der Frau Gräfin, und wenn sie durch einen ihrer Dienstboten einen Einkauf ausrichten ließ, gab sie stets einen Hundertmarkschein zum Wechseln.

Das Haus war blitzsauber von oben bis unten. An Seifen und Putzpulver wurde nicht gespart, und die Portierfrau wunderte sich mehr als einmal über die großen Fachkenntnisse in der Reinigung eines Hauses bei einer so reichen Dame. –

In der ersten Zeit kamen Specks einigemal zu Besuch, aber dann blieben sie fort. Sie fanden, dass es nicht gesund sei, zu Leuten zu gehen, die es viel zu gut hatten. Auch Kempkes sahen sich nur einmal alles genau an und kamen nicht wieder, vielleicht aus ähnlichen Gründen. Allerdings erzählte Frau Kempke, dass auch sie sich nicht zu beklagen hätten. Fritz besaß seit einigen Wochen im Norden der Stadt ein schönes Gasthaus mit einer Badestube und zwei Toiletten. Er hatte es kurzweg »Zum blauen Mädchenauge« genannt, ohne das andere braune Auge der Braut zu berücksichtigen.

Das war gewiss vernünftig, denn man muss oft ein Auge zudrücken können, wenn man im Leben vorwärtskommen will.

Frau Hempel vermisste ihre früheren Bekannten nicht. Das Leben brachte Ersatz und Abwechslung genug. In den ersten Jahren, als die kräftigen blonden Knaben in das gräfliche Haus kamen, gab es noch manche bange Nacht, und ein recht schwerer Tag war es, als die alte Gräfin starb, gerade in einer Stunde, wo wieder ein kleiner Graf Prillberg geboren wurde.

Sie hatte bald nach Graf Egons Hochzeit zu kränkeln begonnen. Es schien, als ob alle Lebenskraft in ihr erloschen war, seit sie über nichts mehr zu klagen hatte. Man entbehrt nicht gern im Alter, was man sein Leben lang gewohnt war!

Aber die Stunden strichen auch über sie hinweg. Des Grafen Ansehen stieg durch den halben Wohlstand, in den er nun gekommen war. Er machte einige glückliche Abschlüsse und gelangte mehr und mehr zu Einfluss und Vermögen, denn das Glück, das so leichtfüßig scheint, wenn es vor uns herläuft, wird eine sesshafte Bürgersfrau, sobald es jemanden lieb gewinnt. Gewiss rührt davon der schöne Volksglaube her, dass, wer erst die erste Million hat, auch sicher die zweite bekommt. –

So lebte Laura nun das ruhige Leben des friedvollen Menschen, der keine anderen Schrecken mehr kennt als Krankheit und Tod, gegen die er die Seinen und sich zu schützen vermag mit allen Mitteln.

Ihre Lieblingsbeschäftigung war, kleine Lieder zur Gitarre zu singen. Sie nahm noch täglich Unterricht darin. Ihre zarte Stimme entzückte ihren Gatten, und wenn sie Gäste hatten, bat man sie immer wieder, ihre feine Kunst zu zeigen.

Frau Hempel konnte in ihrem Zimmer deutlich Spiel und

Stimme hören. Mit geschlossenen Augen, die schweren Hände im Schoß, saß sie im Dunklen und lauschte. Sie kam niemals hinauf, wenn man Besuch hatte. Sie mochte es nicht, und Graf und Gräfin versuchten nicht, sie zu überreden. Aber wenn Laura für sich allein spielte, saß die Mutter bei ihr in einer Ecke des Zimmers. Ein weißes Häubchen auf dem hell und dünn gewordenen Haar, blickte sie unverwandt auf die hohe, vornehme Gestalt mit den schmiegsamen schönen Bewegungen. –

Jeden Tag dachte sie mehrere Male, wenn Hempel das erlebt hätte, und manchmal sagte sie es laut.

Dann nickte Laura und lächelte die Mutter an. Ihre Finger ruhten schmal mit rosigen Nägeln auf dem Saitenspiel, und sie lauschte auf das Lachen der Kinder, das vom anderen Zimmer schallte.

Dann und wann wachte die Vergangenheit für kurze Augenblicke auf. So einmal, als Fräulein Hammerspecht, alt und müde geworden, sich bei Laura als Friseurin vorstellte, und ein andermal, als ein Sektagent der Frau Gräfin seine Aufwartung machte und sie in ihm ihren früheren Dienstherrn, den Leutnant, wiedererkannte.

Solche Begegnungen rüttelten bei Frau Hempel viele Erinnerungen auf. Aber wenn sie mit Laura davon sprechen wollte, konnte sich diese nur noch auf weniges besinnen.

»Weißt du, Mutter«, sagte sie, und ein sanftes Lächeln lag auf ihren Zügen, »es ist mir, als ob die früheren Tage gar nicht mein eigen gewesen wären.«

Man ist, was man geworden ist. Es war Laura etwas ganz Selbstverständliches, dass sie ihren reizenden Knaben das Spielen mit den wilden Straßenkindern verbot.

Frau Hempel hatte ihre helle Freude mit den Enkeln. Sie fand immer Zeit und Heiterkeit für sie und erzählte ihnen schon in den Windeln, dass sie kleine Grafen waren, die es einmal gut haben sollten.

Jeden Sonntag aber fuhr sie nach Frohndorf hinaus zu Hempels Grab. Seine Ruhestätte umfriedete jetzt ein stattliches Gitter aus Schmiedeeisen, und Frau Hempel freute sich jedesmal, wenn sie den Schlüssel in dem kunstvollen Schloss drehte, über den hochherrschaftlichen Eindruck, den das ganze machte. Laura und die Kinder brauchten sich Hempels und ihrer nicht zu schämen, wenn sie in späteren Jahren vielleicht öfters hier hinauskommen wollten.

Der zarte Blütenstamm, den Frau Hempel vor vielen Frühlingen pflanzen ließ, war nun ein großer Baum geworden. Als die Zeit so weit gelaufen war, dass auch sie hinausgekommen war, um für immer hierzubleiben, trug er große blaue Früchte, die, wenn sie reif waren, nieder auf die Gräber fielen. Mancher Junge wagte ihretwegen im Dämmerschein einen kecken Sprung über die Kirchhofsmauer.

Es war dem Gärtner, der damals den kleinen Baum auf Hempels Grab pflanzen sollte, eine Verwechslung unterlaufen. Er hatte der Erde nicht den Ableger eines Zierstrauchs anvertraut, sondern den ähnlich gearteten Sprössling eines Pflaumenbaums.

Ein verzeihlicher Irrtum. Denn man erkennt den Baum erst an seinen Früchten, so wie den Menschen an seinen Taten.

Ende

Nachwort

Wie man Literatur bewertet, ist immer auch Geschmacksfrage. Ich lehne mich dennoch weit aus dem Fenster und behaupte: Dieser Roman ist ein Geniestreich. Viermal habe ich *Frau Hempels Tochter* inzwischen gelesen. Zum ersten Mal mit großem Erstaunen, nachdem ich den kleinen, in Leinen gebundenen Frakturband von 1925 aus dem S. Fischer Verlag in einem Antiquariat erworben hatte, ein zweites Mal, als ich darüber nachdachte, eine Reihe mit vergessenen Berliner Romanen zu starten, und zweimal während der Produktion des vorliegenden Buches zur Korrektur. Und es geht mir, wie es mir nur mit wirklich großen Kunstwerken geht: Das Buch erscheint mir mit jedem Male besser. Immer entdecke ich Neues, das mich begeistert.

Allerdings: Man muss sich Zeit lassen. *Frau Hempels Tochter* zwingt zu entschleunigtem Lesen. Es ist ein Buch für Genussleserinnen und -leser.

Was mich fasziniert, sind die Geschichte, die Dramaturgie, der Sprachwitz, die genaue Beobachtungsgabe und der Humor der Alice Berend. Ohne überraschende Wendungen, aber doch so, dass man gespannt bleibt, entwickelt sich auf diesen 170 Seiten die Geschichte eines gesellschaftlichen Aufstiegs, wie er im Berlin um 1900 selten, aber möglich und auch zeittypisch war. Die Figuren sind nicht psychologisch ausgedeutet, sondern mit leichtem Strich gezeichnet. Es sind Typen, die aber doch individuelles Leben gewinnen. Allen voran natürlich die Heldin, Frau Hempel. Und wie es im gesamten Ablauf keine Szene zu viel gibt, so ist auch die Sprache wunderbar knapp und lakonisch gehalten. Großartig der

Kunstgriff, die Geschehnisse durch Sprichwörter oder selbst-
geprägte Sentenzen zu kommentieren, die stets punktgenau
treffen. So ergibt sich eine manchmal ironische Distanz, die
die Figuren aber erstaunlicherweise nicht bloßstellt, sondern
mit einer gütigen Wärme umgibt. Hinzu kommen schließlich die immer wieder überraschenden Sprachbilder und die
feinen, manchmal nur in indirekter Rede angedeuteten Dia-
loge.

Geschrieben scheint der Roman von einer lebensklugen
Menschenkennerin, die lächelnd und mit großer Empathie
über den Dingen steht. Dabei war Alice Berend, als *Frau
Hempels Tochter* 1913 erschien, erst Ende dreißig und noch
längst keine arrivierte Schriftstellerin. Das wurde sie erst mit
diesem und den beiden folgenden Romanen. Und auch wenn
sie nach dem Ersten Weltkrieg nicht mehr an die Erfolge von
*Frau Hempels Tochter, Die Bräutigame der Babette Bomber-
ling* und *Spreemann & Co.* anknüpfen konnte, so blieb Alice
Berend doch eine bekannte Schriftstellerin, die ihre treue
Leserschaft Jahr für Jahr mit einem neuen Buch beglückte,
darunter mancher Perle. Als sie 1938, mit nur 62 Jahren, in
Florenz starb, war sie weitgehend vergessen. Und bis heute
hat Alice Berend keine Wiederentdeckung erfahren.

Die zeitgenössische Literaturkritik pries sie als »Humo-
ristin«, »eine von den ganz Großen und Echten«, wie es in
den *Leipziger Neuesten Nachrichten* 1916 heißt. »Humor
ist auch eine Weltanschauung«, schrieb sie selbst 1929. »Und
zwar die, dass der Mensch gut ist und nur aus Versehen böse
wird.« Die Abgründe des Menschen blendet Alice Berend in
ihren Werken aus, stets herrscht ein unerschütterlicher Glaube, dass alles gut werde. Dass die Menschen auch dunkle
Seiten haben und das Leben keinesfalls ein Honigschlecken
ist, das wusste Alice Berend allerdings nur zu gut.

Geboren wurde sie am 30. Juni 1875 in der Kochstraße
in Berlin. Ihre Eltern waren ganz unterschiedliche Charakte-

re: der Vater ein Baumwollhändler aus Hamburger Familie, elegant, weltmännisch und verschwenderisch, die jüdische Mutter sparsam, streng und anscheinend humorlos. Das Geschäft am Alexanderplatz lief gut, die Familie zog zweimal in größere Wohnungen Richtung Westen um und genoss einen gediegenen Wohlstand, zu dem selbstverständlich auch kulturelle Anregungen gehörten. Dennoch soll Alice später zu ihrer Schwester gesagt haben: »Was es uns kostet, aus dieser Philister-Familie auszubrechen!«

1880 wurde die Schwester Charlotte geboren, und die entwickelte sich zum strahlenden Mittelpunkt der Familie, hübsch, temperamentvoll, allseits beliebt und wegen ihrer zahlreichen Streiche wohl immer wieder in Schwierigkeiten – aus denen Alice sie herausboxte. Die Ältere, still, unauffällig und »äußerlich hart«, »schwer«, »männlich-robust«, so Beschreibungen späterer Freunde, akzeptierte anscheinend klaglos die Rolle der Beschützerin ihrer kleinen Schwester. Dafür war Alice der Liebling ihrer Großmutter – die bei den Teestunden in ihrem Salon viele Geschichten aus alten Zeiten erzählte. Ansonsten vergrub sich Alice, las viel – und begann Anfang der 1890er-Jahre über das Theaterleben fürs *Berliner Tageblatt* zu schreiben, die angesehenste Zeitung des liberalen Bürgertums der Stadt.

Rasch war sie akzeptiert in den Journalistenkreisen und lernte neben anderen Berühmtheiten auch Max Reinhardt kennen, in den sie sich heftig, aber unerwidert verliebte. Angeblich war sie es auch, die für das neue Kabarett-Projekt aus diesem Kreis den Namen »Schall und Rauch« erfand. Doch reklamierte Reinhardt den Geistesblitz sofort für sich. Alice Berend war eine der Protagonistinnen dieses legendären, leider kurzlebigen Kabarettunternehmens – als Autorin und auf der Bühne. »Die junge Kunstnovize hat Eigenart, Feuer und Tiefe, und als glückliche Ergänzung einen schalkhaften Humor«, schrieb ein Kritiker des *Tageblatts*, merkte aber auch an: »Die Begabung des Fräulein Berend scheint mehr auf die produktive als auf die reproduzierende Kunst zu weisen.«

Über Reinhardt lernte Alice Berend den berühmten Maler Lovis Corinth kennen, er wurde ihre zweite große, nun aber tragisch endende Liebe. Denn die Schwester hatte sich nach der Schule der Malerei zugewandt und war 1901 in Corinths Malschule aufgenommen worden. 1904 heirateten Charlotte Berend und Corinth, sieben Monate später kam ihr Sohn zur Welt. Verzweifelt flüchtete Alice nach Italien und heiratete wenige Wochen später den schwedischen Journalisten John Jönsson, über den man kaum etwas weiß – nur dass er keine gute Partie war. Während sich Charlotte an der Seite Corinths fortan in den besten Berliner Kreisen bewegte, schlugen sich Alice und John Jönsson mehr schlecht als recht durch. Denn Geld von der Familie gab es nicht mehr: Alices und Charlottes Vater hatte durch Spekulation sein Vermögen (und Gelder einiger Freunde) verloren und sich im Jahr 1900 das Leben genommen.

Das wohl schon stark angespannte Verhältnis zwischen den Schwestern wurde zur offenen Feindschaft. Abgesichert durch einen langfristigen Vertrag mit dem Verleger Samuel Fischer, den sie über Max Reinhardt kennengelernt hatte und der auf der Suche nach jungen Autoren war, zog Alice mit Mann und dem einjährigen Sohn 1906 nach Florenz. Hier entstanden ihre ersten Romane, die in Deutschland zu Bestsellern wurden und der bald vierköpfigen Familie ein sorgenfreies Leben ermöglichten.

Doch die Idylle währte nicht lange. Als Deutsche angefeindet, kehrte Alice Berend 1915 ins bereits unter den Kriegsfolgen leidende Berlin zurück. Zudem verhielt sich Charlotte erneut abweisend bis feindlich. Alice zog mit der Familie nach Bayern und später nach Konstanz, wo sie sich 1920 in der Nachbarschaft einiger befreundeter Künstler niederließ. Hier endlich fand sie den Mut, ihre unglückliche Ehe zu lösen, was aber mit jahrelangen Kämpfen verbunden war. Dabei half ihr ihr neuer Lebenspartner, der neun Jahre jüngere Maler Hans Breinlinger, den sie 1926 heiratete. Seit 1924 lebte sie mit Breinlinger und den beiden Kindern wieder in Berlin, 1931 bezog sie ein neuerbautes Haus im Zehlendorfer Hochwildpfad.

Auf Alice lastete die finanzielle Verantwortung, zumal ihr Sohn an Tuberkulose erkrankt war und teure Kuraufenthalte in den Schweizer Bergen bezahlt werden mussten. So schrieb sie Jahr für Jahr einen Roman, Unterhaltungsromane, die sich allesamt ordentlich verkauften. Alice Berend blieb ein bekannter Name, sie war geachtet im Kreise ihrer Kollegen, nahm an Anthologien teil, wurde in prominente Jurys berufen. Als der Film *Ich will Dich Liebe lehren* mit Trude Hesterberg und Gerhard Bienert Premiere feierte – nach dem Drehbuch von Alice Berend –, war jedoch Adolf Hitler bereits seit zwei Wochen Reichskanzler. Drei Monate später wurden auch die Bücher der »Halbjüdin« Alice Berend auf dem heutigen Bebelplatz verbrannt.

Bis 1935 harrte sie, erneut geschieden, in Berlin aus, dann flüchtete sie gemeinsam mit ihrer Tochter nach Florenz. Hier starb sie, mittellos, aber mit einem neuen Buchprojekt beschäftigt, am 2. April 1938. Niemand außer ihrer Tochter und dem Geistlichen war beim Begräbnis zugegen. Auch nicht Charlotte Berend-Corinth, die als wohlhabende Witwe und Malerin das Leben ebenfalls in Italien genoss. Alices Hinterlassenschaften gingen in Florenz verloren, außer den dürren biografischen Daten weiß man kaum etwas über sie. Charlottes Leben dagegen ist gut dokumentiert, dank vieler Briefe und nicht zuletzt ihrer Erinnerungen, die sie 1947–58 veröffentlichte. Alice Berend taucht dort so gut wie nicht auf.

Immerhin eine Straße in Moabit erinnert heute in Berlin

an Alice Berend, die der renommierte Kritiker Kurt Pinthus 1932 »als eine Schülerin und Fortsetzerin Theodor Fontanes« bezeichnete. Fontanes Rang kann man Alice Berend sicherlich nicht zusprechen. Doch ein Werk wie *Frau Hempels Tochter* sollte unbedingt wieder gelesen werden.

Arnt Cobbers

Beim biografischen Abriss habe ich mich gestützt auf die Forschungen von Ursula El-Akramy, *Die Schwestern Berend. Geschichte einer Berliner Familie*, Hamburg 2001.

Dass der Roman in Berlin spielt, ist unverkennbar, wenn auch die Stadt nie genannt wird. Einmal wird, als einziger konkreter Anhaltspunkt, die Charité erwähnt. Einen Ort Frohndorf dagegen gibt es nur in Thüringen, weitab jeder Metropole.

»Was für ein schönes Buch!«

Volker Weidermann, *Die Zeit*

Taschenbuch, 176 Seiten
ISBN 978-3-89773-971-0

Erna Halbe, mit 19 frisch aus der Provinz nach Berlin gekommen, arbeitet erst seit wenigen Tagen im Schreibbüro, als eine junge Kollegin entlassen wird – sie ist schwanger vom Bürovorsteher. Erna ist empört und wagt den Aufstand, dem sich rasch alle jungen Frauen anschließen. Rudolf Braune schildert den MeToo-Protest im Berlin des Jahres 1928 mit Wut auf die Verhältnisse, aber auch viel Einfühlungsvermögen. Und entwirft zugleich ein lebendiges Bild vom Leben der Angestellten in den vermeintlichen Goldenen Zwanzigerjahren. Der Roman mit dem ungewöhnlichen Titel und sein Autor, der 1932 mit gerade einmal 25 Jahren starb, lohnen die Wiederentdeckung.

Eines Morgens, im Frühjahr 1928, kommt ein junges Mädchen mit dem Leipziger Zug auf dem Anhalter Bahnhof in Berlin an. Niemand erwartet sie. Niemand beachtet sie in dem Gewühl dieses Berliner Arbeitsmorgens, unter dem Rauch eines feuchten traurigen Himmels. Sie trägt einen anscheinend sehr schweren Handkoffer, denn ab und zu nimmt sie ihn in die andere Hand. Das Mädchen geht langsam mit kleinen Schlenkerschritten und betrachtet mit mürrischem, verschlafenem Gesicht die eifrig herumlaufenden Menschen, Bahnbeamte, Verkäufer, Zeitungshändler, Arbeiter und Reisende. Als sie aus der rußigen Halle herauskommt, ziehen gerade die Regenwolken auseinander, und die Asphaltpfützen glänzen auf. Ein matter Schein huscht über die grauen Häuserfronten, springt über Firmenschilder, an Erkern und vorgetäuschten Balkonen vorbei über die Straße bis zu diesem kleinen Mädchen, die einige Minuten am Ausgang des Anhalter Bahnhofs stehen bleibt, ehe sie im Gewühl der Stadt verschwinden wird. Ihr Koffer steht neben ihr auf dem Boden, die großen Hände stecken in den Taschen des braun gesprenkelten Mantels. So sieht Erna Halbe zum ersten Male Berlin.

Sie kommt aus einem kleinen Industrienest in der Nähe von Korbetha im Mitteldeutschen. Ihr Vater arbeitet in der Zeche, sie selbst, das vierte Kind von elfen, hat Stenografie gelernt und Schreibmaschine und vier Jahre bei einem Rechtsanwalt gearbeitet. Die Enge im elterlichen Hause, der ewige Streit und Krach passten ihr nicht mehr. Nach vielen vergeblichen Versuchen und Bewerbungen erhielt sie endlich vor ein paar Tagen eine Zusage aus Berlin. Einhundertdreißig Mark brutto, schrieb die Gesellschaft, Arbeitsantritt Mittwoch früh neun Uhr.

Das war ihre erste große Reise.

Zuerst muss ich mir ein Zimmer suchen, überlegt sie. Sie geht in den Bahnhof zurück und gibt den Handkoffer in die Gepäckaufbewahrungsstelle.

Eine Nacht ist sie gefahren, immer im Halbschlummer, in einem rauchigen Abteil. Auf dem menschenleeren kalten Bahnsteig des Bahnhofs Bitterfeld hat sie ein warmes Würstchen gegessen, das ist alles, was sie während der Reise zu sich genommen hat, nun knurrt ihr Magen.

Man sieht ihr eigentlich nicht an, dass sie noch nie in dieser Stadt gewesen ist. Langsam geht sie durch die bewegten Straßen nach dem Potsdamer Platz hinüber, etwas neugierig, alles genau betrachtend, aber durchaus nicht mit offenem Munde.

Der dürftige Frühjahrsmantel macht das Mädchen noch unscheinbarer, als sie schon ist. Die dürren Beine, die unter dem Mantel komisch hervorstelzen, neigen sanft dazu, ein X zu bilden. Erna weiß das, und doch ist sie nicht sonderlich betrübt darüber. Ihr Leben beginnt erst, und vieles wird sich ändern.

Wie es weiter geht, erfahren Sie im zweiten Band der Berlin-Bibliothek: Rudolf Braune, *Das Mädchen an der Orga Privat*